Sommer, Sonne, Schmetterlinge

Die Deutsche Nationalbibliothek verzeichnet diese Publikation in der Deutschen Nationalbibliografie; detaillierte bibliografische Daten sind im Internet über dnb.dnb.de abrufbar.

Herstellung und Verlag: BoD – Books on Demand, Norderstedt
Coverdesign: Joetherasakdhi
ISBN: 9 783755 783213

INHALTSVERZEICHNIS

Jessie und der Strand von San Michele

von Britta Bendixen

„Sie dürfen das nicht zu nah an sich heranlassen, Maja",
hat mir meine Chefin geraten, als ich mich in den Feierabend verabschiedete, doch das ist leichter gesagt als getan.
Bedrückt schließe ich meinen Fiat auf und steige ein.

Vor meinem inneren Auge sehe ich noch immer den
herzerweichenden Gesichtsausdruck der Frau, die sich von
unserer Kanzlei Hilfe erhofft. Ihr Noch-Ehemann beleidigt
und bedroht sie, schickt laufend bösartige Nachrichten und
hetzt die Kinder gegen sie auf. Natürlich gibt es rechtliche
Möglichkeiten, doch der Kummer dieser Mandantin nimmt
mich echt mit.

Ich drehe den Zündschlüssel und rolle wenig später vom
Firmenparkplatz. So langsam zweifle ich daran, dass An-
wältin der richtige Beruf für mich ist. Die Theorie fiel mir
leicht, doch nun, da ich die harte Praxis im Referendariat
mitbekomme, fürchte ich, einen riesigen Fehler gemacht zu
haben.

Als an einer roten Ampel die Klavierklänge von ›Jessie‹
aus dem Radio fließen, muss ich schlucken. Bei diesem Lied
geschieht das immer, denn es holt einen Haufen romanti-
scher Erinnerungen aus der Kramkiste meines Gehirns, so
wie ein Magier ein Kaninchen aus dem Hut zieht.

Die Ampel springt auf Grün und zeitgleich erklingt die
sanfte Stimme von Joshua Kadison. Sie gibt mir den Rest.

Ich beginne hemmungslos zu heulen, muss mir ständig über die Augen wischen, um nicht blind zu fahren. Er singt von einer Frau namens Jessie, die ihn anruft und dazu überredet, gemeinsam mit ihr in einem Wohnmobil nach Mexiko zu fahren, um Tequila zu trinken und nach Muscheln zu suchen. Er ringt mit sich, kann ihr aber nicht widerstehen.

Wechsle den Sender, drängt eine Stimme in meinem Kopf, doch das bringe ich nicht fertig. Ich liebe diesen Song so sehr, erinnert er mich doch lebhaft an Manuel, diesen liebenswerten und verrückten Mistkerl.

Ich lausche Joshuas sehnsüchtigen Worten, während ich in meiner Handtasche nach einem Taschentuch suche.

Selbst, wenn man das Lied zum ersten Mal hört oder den Text nicht versteht, spürt man vermutlich, dass die Story nicht gut endet, dass Joshua am Schluss allein und todtraurig sein wird.

So erging es mir auch jedes Mal mit Manuel. Er ist wie Jessie; eine rastlose Seele, die Herzen ebenso mühelos berührt wie bricht. Deshalb muss ich jedes Mal weinen, wenn ich diesen Song höre. Schmerz, Sehnsucht und Wehmut erwachen und drücken vehement auf meine Tränendrüsen.

Es ist ein kleines Wunder, dass ich zwar verheult aber heil zu Hause ankomme. Als ich die Treppe zu meiner Wohnung hinaufgehe, öffnet sich die Tür der Hausmeisterin. Es kommt mir vor, als hätte sie hinter dem Spion auf mich gewartet.

„Sie, I hob da wos für Eahna", ruft sie mir zu, dreht sich um und ist verschwunden.

Ich nutze die Zeit, um meine Wangen trockenzuwischen und die schlimmsten Spuren meines emotionalen Ausbruchs zu entfernen.

„Jo mei, haben'S neue Schuh bestellt, jetzt, wo der Frühling kimmt?", will sie wissen, während sie mir neugierig lächelnd ein Paket in die Hand drückt.

Ich schüttle den Kopf, bedanke mich und flüchte in meine vier Wände. Dort setze ich mich mit dem Päckchen auf mein Sofa und suche vergeblich nach einem Absender.

Es wird doch wohl nichts Gefährliches darin sein, überlege ich mit einem mulmigen Gefühl im Magen. Wenn ich den Karton schüttle, raschelt es leise.

Da es nur einen Weg gibt, um herauszufinden, was darin ist und wer es mir geschickt hat, hole ich ein Messer aus der Küche und zerschneide das Klebeband. In dem Päckchen befindet sich, umringt von Zeitungspapier, eine Schachtel.

Schlicht weiß und von der Größe eines Kinderschuhkartons. Neugierig hebe ich den Deckel.

Zunächst schaue ich verständnislos auf ein Sammelsurium von Gegenständen. Ein Umschlag mit meinem Namen, ein kleiner Beutel aus Stoff, Muscheln, ein getrockneter Seestern, ein Fotoalbum für die Handtasche.

Ahnungsvoll schlage ich es auf. Da lacht mir Manuel entgegen, im Arm hält er seine Promenadenmischung Flip, die noch immer so aussieht wie ein aufgeplatztes Sofakissen.

Ich verspüre augenblicklich eine unbändige Sehnsucht nach den beiden und kämpfe schon wieder mit den Tränen.

Die nächsten Bilder sind Schnappschüsse aus unserer gemeinsamen Zeit. Manuel und ich auf einem Felsen bei Sonnenuntergang, wir gemeinsam mit Flip am Strand von

San Michele, beim Spaghettiessen bei unserem Lieblingsitaliener in Rimini ...

Ich kriege mich nicht mehr ein. Renne ins Bad und kühle mein verheultes Gesicht mit kaltem Wasser.

Dann gieße ich mir ein Glas Weißwein ein und setze mich aufgewühlt auf die Couch. Hebe die Schachtel auf meinen Schoß.

In dem Umschlag befindet sich ein Brief von Manuel.

Ausgerechnet heute, denke ich. An einem Tag, an dem ich mich ohnehin verletzlich fühle, an dem nach einer Ewigkeit mal wieder Jessie im Radio lief.

Ausgerechnet an diesem Tag erhalte ich eine Nachricht von Manuel.

Zufall? Oder Schicksal?

Ich öffne seinen Brief. In dem Beutel sei Sand aus San Michele, schreibt Manuel. Er sei nach längerer Reise gerade dort und würde mich gern wiedersehen.

„Du fehlst mir. Wenn Du mich auch ein wenig vermisst, dann komm. Wir zelten wie früher in unserer kleinen Bucht, lauschen der Brandung, besuchen Pedro in seinem Ristorante und trinken Pino Grigio. Flip hat übrigens auch Sehnsucht nach Dir. Lass den Alltagswahnsinn hinter Dir und genieße mit uns das Leben. La Dolce Vita. Bis hoffentlich bald, wir warten am Strand von San Michele auf Dich.
Dein Manuel"

Meine Hand zittert, als ich den Brief sinken lasse. Soll ich dasselbe tun, wie Joshua Kadison? Die Gelegenheit ergreifen, ohne nach dem Morgen zu fragen?

Einfach mitnehmen, was das Leben mir bietet? Die Zeiten mit Manuel gehören zu den leichtesten und wunderbarsten meines Lebens. Sie zu wiederholen, wäre fast zu schön, um wahr zu sein. Eine Weile sitze ich nur da, meine Finger spielen mit dem Sand und den Muscheln aus San Michele.

Dann nehme ich das Telefon und tippe mit sandigen Fingern eine Nummer ein.

Fröhlich singe ich das italienische Lied im Radio mit.

Das Gespräch mit meiner Chefin lief gut. Wir haben uns darauf geeinigt, dass ich ab dem nächsten Monat auf Verkehrsrecht umschwenke. Bis dahin habe ich zwei Wochen frei. Und ich weiß genau, was ich solange tun will.

Ausgelassen drücke ich aufs Gaspedal.

Einige Stunden später höre ich den Kies auf dem Parkplatz knirschen, der oberhalb der Bucht von San Michele liegt. Ein leichter Wind wirbelt den Sand auf.

Ich steige aus, atme tief ein und strecke meine steif gewordenen Glieder. Am Rande des Parkplatzes entdecke ich Manuels altes Wohnmobil. Meine Hände sinken herab und mein Herz schlägt prompt schneller. Ich kann es kaum erwarten, ihn wiederzusehen!

Von hier oben geht es über eine steinerne und steile Treppe hinunter zum Strand. Der Duft von Pinien und Salz lässt mich schnuppern, während die Sonne mein Gesicht küsst und ich die Wellen ans Ufer rollen höre.

Als ich fast unten bin, sehe ich Manuels Hund im Sand buddeln.

„Flip!", rufe ich erfreut. „Fli-hip!"

Er hebt den Kopf, entdeckt mich und saust sofort auf mich zu. Es sieht aus, als würde er lachen. Selig vor Wiedersehensfreude falle ich auf die Knie. Meine Finger fahren durch sein feuchtes, sandiges Fell, seine Zunge landet ungestüm auf meiner Wange. Ich muss lachen.

„Du hast meine Nachricht bekommen", sagt Manuels Stimme in meinem Rücken. „Das freut mich. Das freut mich ehrlich."

Ich spüre seine Hand auf meiner Schulter und komme wortlos wieder auf die Füße. Klopfe ohne große Sorgfalt den Sand von meinen Knien und drehe mich dann zu ihm um.

Er hat sich nicht verändert. Ist immer noch mein Manuel.

Schlaksig, mit vom Wind zerzausten, ausgebleichten Haaren. Blitzende blaue Augen im braungebrannten Gesicht. Bartstoppeln und dieses verführerische Lächeln mit dem kleinen Grübchen im linken Mundwinkel.

„Ich bin auch froh", sage ich. „Danke für eine Schachtel voller Erinnerungen."

Er zieht mich in seine Arme. „Lass sie uns wieder zum Leben erwecken", flüstert er, ehe seine Lippen sanft meinen Mund berühren und alles in mir zum Kribbeln bringen.

Ich lasse mich fallen, genieße seine Nähe und das verrückte Gefühl, nie wirklich von ihm getrennt gewesen zu sein.

Doch diesmal werde ich nicht alles aufgeben für einen Sommer voller Unbeschwertheit. Anders als Manuel bin ich erwachsen geworden.

Er, der sich treiben lässt und das Leben nimmt, wie es kommt, würde mein Leben spießig nennen und das ist es wohl auch.

Für eine Weile aber werde ich eine verrückte Auszeit mit dem Mann genießen, der es wie kein anderer versteht, mir vorzugaukeln, das Leben sei so leicht wie eine Daunenfeder.

Wir werden in der Bucht schwimmen gehen, am Strand sitzend den Sonnenuntergang beobachten, und nachts engumschlungen in Manuels Wohnmobil liegen, leiser Musik aus dem Radio lauschend.

Es wird mir sicherlich schwerfallen, dieses Leben zu verlassen und wieder in den Alltag zurückzukehren. Aber die Erinnerungen werden mich begleiten und düstere Tage, die vermutlich kommen werden, mühelos aufhellen.

Jessie, you can always sell any dream to me, höre ich die leise Stimme von Joshua Kadison in meinem Kopf, als Manuel und ich barfuß und Hand in Hand am Ufer entlang bummeln, während die Sonne unsere Haut wärmt, Flip aufgeregt um uns herumspringt und die Wellen unsere Knöchel umspielen.

ENDE

Türen

von Werner Hajek

Da steht er in der Kneipentür, fast wie bei der ersten Begegnung, und lässt seinen Blick schweifen. Sie weiß seinen Namen und seinen angeblichen Wohnort. Sie hatte einmal seine Handy-Nummer. Aber es hatte nichts mehr zu sagen gegeben, und nichts mehr zu fragen.

Was vor drei Jahren zwischen ihnen passierte, war gefühlt mehr als Sex gewesen. Es war wie ein gemeinsames Versinken, das sie bis dahin nicht erlebt hatte, ein Traum von Sichausliefern und Vertrauenkönnen, eine grenzenlose, gegenseitige Hingabe.

So glaubte sie jedenfalls, in jenen kurzen Urlaubstagen auf dem Darß.

Dann war sein letzter Morgen gekommen. Er verließ sie und ging zum Packen in sein Apartment. Danach wollten sie ein letztes Mal an der Strandpromenade zusammen frühstücken.

Dort wartete sie umsonst. Sein Handy war abgestellt und im Gästehaus hatte er längst ausgecheckt.

Wie verprügelt stolperte sie durch eine grau gewordene Sommerkulisse und nahm schließlich Zuflucht in ihrem Zimmer. Sie hatte sich rückhaltlos geöffnet, hatte sich eins mit dem Kosmos gefühlt, hatte gewusst, wofür sie lebte.

Doch am Ende wurden ihr, ohne Warnung, alle Türen vor der Nase zugeknallt - Urlaubsaffäre, Verlängerung unerwünscht.

Das war lange her. An einem anderen Ort, in einem anderen Leben.

19

Aber jetzt ist wieder Urlaubszeit, sie sitzt wieder in einer Kneipe, diesmal am Chiemsee, und wieder steht er in der Tür.

Sie ist froh, dass er sie in der überfüllten Gaststube noch nicht entdeckt hat. Ihre Hand verkrampft sich im Saum der rot-weiß gemusterten Tischdecke. Hilfesuchend wendet sie ihren Blick zur Seite.

Dort sitzt der Andere.

Damals, nach der Katastrophe, war es zuhause einsam um sie geworden. Kaum jemand aus dem Bekanntenkreis war mit ihrer gewandelten Art zurechtgekommen, ihrer plötzlichen Verschlossenheit und Empfindlichkeit.

Nur dieser Arbeitskollege hatte sich in der Kantine immer öfter an ihren Tisch gesetzt, wenig gesagt, sie nur gelegentlich forschend angesehen. Er war der Einzige, der von ihrem Missgeschick erfuhr. Bei ihm fand sie neue Geborgenheit.

Auch jetzt sitzt er ihr ruhig und Schutz versprechend gegenüber. Wieder einmal fragt sie sich, ob das genug ist.

Es war auf ihrer Seite von Anfang an eine Liebe mit Vorbehalt. Mit Wärme, aber ohne Leidenschaft. Eine Liebe mit angezogener Handbremse.

Wie anders hatten sich die Tage und Nächte mit dem Mann angefühlt, der dort unschlüssig in der Tür steht und den Raum mustert.

Jetzt hat er sie in ihrer Ecke entdeckt.

Sofort schaut er weg, wendet sich brüsk um und verschwindet. Nein, wie ein Eroberer hat er nicht mehr geblickt, eher erschrocken und verloren.

Sie fühlt sich plötzlich merkwürdig leicht, wie befreit.

Wer war hier der Verlierer, sie oder er?

Ja, sie war damals arg verletzt worden. Aber das war vorbei.

Sie lächelt ihren Begleiter an. Der hat, sich ganz seinem Spaghetti-Gericht widmend, nichts von dem Zwischenspiel mitbekommen.

Aber jetzt lächelt er zurück.

ENDE

Thatos Tafelrunde

von Anka Chilla

Es ist November und Frühling in Südafrika. Trotzdem ist es auf der Baustelle schon brütend heiß.

Seit knapp sechs Monaten ist Thato nun bei der renommiertesten Straßenbaufirma Südafrikas angestellt und hat sich noch keinen einzigen Tag beklagt. Bis zu zehn Stunden täglich steht er in der Gluthitze am staubigen Straßenrand und schwenkt die Fahne.

Das bedeutet: „Achtung! Baustelle." Ungefähr 500 Meter hinter ihm gibt es eine Einengung der Fahrbahn, der Asphalt in Richtung Kapstadt wird erneuert.

Die Autofahrer sehen seine Fahne und seine Warnweste schon von weitem und gehen runter vom Gas. Das macht Thato glücklich. Die Autos bremsen, weil sie ihn sehen. Sein Job ist wichtig. Er verhindert Unfälle.

Seine Familie ist mächtig stolz auf ihn. Mit sechzehn Jahren ist er der älteste von sieben Geschwistern, die mit Ma und Pa alle zusammen in einer kleinen dunklen Wellblechhütte wohnen. Ohne Wasser. Ohne Strom. Endlich kann er etwas Geld verdienen, um die Familie zu unterstützen.

Vielleicht können sie sich bald eine größere Hütte leisten?

In der Karawane der Pkws, die nach Kapstadt fahren, gibt es eine Lücke. Thato hebt die Wasserflasche an den Mund und trinkt gierig. Er fährt sich mit dem Handrücken über die schweißnasse Stirn und rückt sein Basecap zurecht. Ein dicker weißer Mercedes hält neben ihm und ein ebenso dicker weißer Mann lässt das Seitenfenster hinunter.

Er mustert erst den Jungen, dann die Fahne ausgiebig. Schließlich grinst er und sagt auf Englisch: „In Deutschland haben wir Verkehrsschilder. Und Ampeln. Da braucht niemand stundenlang eine Fahne zu schwenken."

Thato, der durch ein Kinderhilfsprojekt das große Glück hatte, eine Schule besucht zu haben, versteht was der Mann sagt. Arroganter Schnösel! Einer von der Sorte, die in seine Heimat kommen und in den Hotels ins Trinkwasser kacken.

Thato sieht dem Fahrer in die Augen. „Sehr bedauerlich", antwortet er. „Denn Verkehrsschilder verdienen kein Geld."

Das Grinsen des weißen Mannes wird breiter.

„Du gefällst mir", sagt er. „Ich hätte eher mit einer Antwort wie ›Yes, Sir!‹ gerechnet. Oder gar keiner Antwort. Aber du sprichst gut Englisch. Wo kommst du her?"

Thato hebt die Fahne, da er weiter hinten den nächsten Wagen kommen sieht. „Kennen Sie die Townships vor Kapstadt? Das sind die Ghettos der Schwarzen. Genau da komme ich her."

Der Mercedesfahrer nickt. „Daran bin ich vorbei gefahren. Ich habe dort Menschen gesehen, die gesungen getanzt haben. Das hat mich erstaunt."

Die Fahne vollführt eine wütende Bewegung nach unten. „Warum sollten wir nicht singen und tanzen? Tun Sie das nicht? Meine Familie macht das den ganzen Tag."

Inzwischen steht das nächste Auto hinter dem Mercedes und hupt. Doch der dicke Mann achtet nicht darauf. Er hebt den Daumen und sagt: „Du bist der Richtige! Wie heißt du, Junge?"

Er sagt es ihm.

„Freut mich, Thato. Ich bin Rolf. Meine Freunde nennen mich Rolle." Er streckt seine Hand aus dem geöffneten Wagenfenster.

Thato zögert. Der Wagen hinter ihnen hupt wieder. Thato geht nach hinten und winkt ihn mit seiner Fahne vorbei.

Dann kommt er zurück und fragt diesen Mann, der sich Rolle nennt und auch so aussieht: „Was wollen Sie von mir?"

„Wir beide könnten ins Geschäft kommen Thato. Wann hast du Feierabend?"

„Wenn mein Chef sagt, dass ich gehen kann."

„Wer ist dein Chef?"

„Der ist vorn auf der Baustelle. Ein kleiner weißer Mann mit einem neonfarbenen Shirt."

Wenig später beobachtet Thato, wie Rolf mit seinem Chef spricht. Ihm ist unwohl. Seine Mutter hat ihn gewarnt. Sie sagt, er sei zu direkt. Er dürfe im Gespräch mit Weißen auf keinen Fall seine Meinung äußern. Zurückhaltung sei der beste Weg, um mit denen klarzukommen.

Thatos Mutter putzt fünf Mal täglich die Toiletten einer nahen Tankstelle und kennt sich aus mit Weißen. War er zu vorlaut? Jetzt sehen beide Männer zu ihm herüber.

Sprechen über ihn. Rolf macht merkwürdige Verrenkungen, Thatos Chef lacht. Die beiden scheinen sich zu verstehen. Schließlich schütteln sie sich die Hände, als hätten sie ein Abkommen geschlossen und Rolf steigt in sein Auto. Winkt Thato noch einmal kurz zu und fährt los.

Merkwürdig. Gern hätte er gewusst, worüber die Männer gesprochen haben.

Und was für ein Geschäft Rolf gemeint hat. Aber welcher reiche Weiße macht schon Geschäfte mit einem minderjährigen Fahnenschwenker?

Wahrscheinlich hat Rolf in seinem Chef einen ebenbürtigeren Partner gefunden. Deshalb auch der Handschlag.

Thato zwingt sich, nicht enttäuscht zu sein und konzentriert sich auf seine Aufgabe. Verkehrssicherheit. Eine große Verantwortung. Er darf nicht abgelenkt sein.

Dennoch zieht sich der Rest des Tages wie Kautschuk in die Länge.

Gegen Abend, als der Verkehr spürbar abnimmt, kommt sein Chef zu ihm. Auf seinem neonfarbenem Shirt ist ein Surfer aufgedruckt und darüber steht „Ride The Waves".

Thato fragt sich jedes Mal, ob sein Chef es jemals probiert hat. Surfen. Er muss sich auf die Lippen beißen, um diese Frage nicht zu stellen.

„Du scheinst einen neuen Freund gefunden zu haben, Toto", sagt der Chef, der sich seinen Namen einfach nicht merken kann. Thato hat es aufgegeben, ihn zu korrigieren.

„Er erwartet dich in dreißig Minuten an der Tankstelle. Will mit dir verhandeln." Der Chef grinst vielsagend. „Du kannst gehen. Hast Feierabend."

Thato sieht am Horizont die Tankstelle. Es ist die, wo seine Mutter putzt. Zu Fuß braucht er keine zwanzig Minuten bis dorthin.

„Okay. Vielen Dank", sagt er, nimmt seine Wasserflasche und wendet sich zum Gehen. Sein Chef hält ihn am Arm zurück. „Toto", sagt er und sieht ihn an. „Blamier mich nicht! Hast du verstanden?"

Thato befreit unauffällig seinen Arm und nickt. „Ich gebe mir Mühe."

Vor dem Eingang der Tankstelle steht der weiße Mercedes. Als Thato sich nähert, steigt Rolf aus und kommt ihm entgegen. Aus seinem Grinsen ist ein Lächeln geworden.

„Du hast einen netten Chef, Thato. Er sagt, ich kann dir vertrauen, und hat nichts dagegen, wenn wir beide ins Geschäft kommen. Möchtest du was trinken?"

Thato hebt wortlos seine halbvolle Wasserflasche.

„Ich meine was Richtiges. Kaffee. Oder Bier?"

Thato schüttelt den Kopf. Typisch Tourist. „Ich mag Rooibos-Tee", sagt er etwas trotzig.

„Okay. Kein Problem. Kommst du mit rein?"

„Ich bleibe lieber draußen."

Da drinnen arbeiten Leute, die ihn kennen. Sie werden sowieso über ihn tratschen. Von dem Gespräch sollen sie möglichst nichts hören.

Seitlich neben dem Shop befindet sich eine niedrige Mauer, auf die sich Thato setzt und wartet.

Was könnte dieser Rolf von ihm wollen?

Die Mauer wird zum Tisch, auf der Rolf Kaffee, Tee und Gebäck serviert. Thato beobachtet ihn misstrauisch. Dann endlich erklärt Rolf: „Ich bin Immobilienmakler. Aber im Moment mache ich hier Urlaub. Es geht um eine Frau. Ich möchte sie überraschen."

Er nimmt einen Schluck von seinem Kaffee und fährt fort. „Du hast mir gesagt, deine Familie singt und tanzt gern. Nun, ich wollte fragen, ob ihr das für diese Frau tun könntet? Und natürlich für mich."

Damit hat Thato nicht gerechnet. Er ist erstaunt. Verblüfft. Greift nach den Keksen, um Zeit zu gewinnen. Kaut und schluckt.

„Verstehe ich Sie richtig? Sie wollen mit einer weißen Frau zu uns in die Townships kommen, damit wir für sie singen und tanzen?"

Rolf lacht und schüttelt den Kopf. „Nein. Nicht in die Townships. Meine Überraschung soll an einem ganz außergewöhlichen und romantischen Ort stattfinden."

Bevor er nachdenken kann, entfährt es Thato: „Zum Beispiel an der Tankstelle hier?"

Prustend vor Lachen verschluckt sich Rolf an seinem Kaffee. Hustet und setzt die Tasse ab. „Nein, junger Mann. Nicht an einer Tankstelle. Ich dachte eher an diesen Ort da hinten!" Er dreht sich um und zeigt zum Horizont.

Dort leuchtet im Abendlicht der Tafelberg. Eine Decke aus flauschig rosa Schäfchenwolken liegt über seinem langgezogenen Plateau.

Thatos Augen werden groß. „Table Mountain", sagt er mehr zu sich selbst.

„Warst du mal oben?", fragt Rolf.

„Wie denn?" Versonnen stopft sich Thato zwei Kekse auf einmal in den Mund. Niemand, den er kennt, kann sich den Eintritt auf diesen Berg leisten.

Als hätte Rolf seine Gedanken erraten, sagt er: „Ich zahle natürlich für euch. Wieviel Leute brauchen wir für eine gute Performance?"

Thato ist immer noch fassungslos. Die Gedanken in seinem Kopf kreiseln. Schon immer hat er davon geträumt, auf dem Tafelberg zu stehen und Kapstadt von oben zu sehen.

Jetzt kommt dieser weiße Immobilienhai und gibt ihm die Möglichkeit. Nicht nur ihm, sondern seiner ganzen Familie.

„Wir sind neun", überlegt er laut. „Ich habe sechs Geschwister, davon fünf Schwestern, alle jünger als ich. Aber sie tanzen und singen besonders gern."

„Wunderbar", Rolf klatscht in die Hände. „Die Frau, von der ich sprach, liebt Kinder über alles. Sie arbeitet in einer Kita. Dort werden Kinder betreut, von Eltern, die arbeiten müssen."

Thato nickt. Er hat davon gehört. Das sind die Kinder der Reichen. „Vielleicht wäre es gut, wenn auch Lethabo mit dabei ist", sagt er. „Er ist mein bester Freund. Wir beide trommeln, wenn die Mädels tanzen."

„Super! Na klar."

Rolf ist sichtlich begeistert. Seine Augen leuchten und Thato stellt fest, dass es gute Augen sind. Ohne böse Absichten.

Er nimmt einen großen Schluck von seinem Rooibos-Tee um sich Mut anzutrinken und sagt mit fester Stimme: „Und Lethabos Schwester Amahle. Sie hat die schönste Stimme von allen."

Er spürt, wie ihm das Blut in die Wangen schießt und ist froh, dass seine dunkle Hautfarbe ihn nicht verrät. Er mag Amahle sehr. Mit ihr auf dem Tafelberg zu sein übersteigt sein Vorstellungsvermögen.

Rolf rechnet zusammen. „Dann sind wir bei elf Personen. Ich zahle den Eintritt und die Fahrt mit dem Aufzug für euch. Doch da wäre noch etwas ..."

Eine Fahrt mit dem gläsernen Aufzug, nicht zu fassen!

Und noch etwas? Wahrscheinlich kommt jetzt der Haken an der Geschichte. Die bittere Seite. Thato macht sich bereit und strafft die Schultern. „Was denn?"

„Es wäre schön, wenn wir da oben eine Art Picknick veranstalten. Bestimmt gibt es traditionelle Speisen bei euch. Ist es möglich, wenn ihr ein paar davon mitbringt? Natürlich zahle ich dafür. Um die Getränke kümmere ich mich.

Dann werden wir alle erst zusammen essen. Um das Eis zu brechen. Danach wird gesungen und getanzt."

„Wir sollen mit Ihnen da oben zusammen essen?"

„Ja. Warum denn nicht? Conny wird begeistert sein!"

„Ist Conny die Frau, die Sie überraschen wollen?"

„Ja. Sei nicht so förmlich. Sag Du und Rolle zu mir. Sind wir Partner?"

Thato überlegt und plötzlich läuft es ihm siedend heiß den Rücken hinunter. Er hat nicht an seinen Vater gedacht.

„Es könnte ein Problem geben", sagt er leise. „Mein Vater mag keine Weißen."

Einige Tage später steht Thato in seinem besten Hemd mit der gesamten Familie an der Talstation der Seilbahn. Er staunt, wie hübsch und farbenfroh alle aussehen. Mas Kleid schimmert grünlich und ist mit Goldfäden durchwirkt. In einem Tuch vor der Brust trägt sie seinen kleinen Bruder, der noch nicht mal ein Jahr alt ist. Seine fünf Schwestern haben die Zöpfe zu kunstvollen Mustern geflochten, auch sie tragen leuchtende Kleider und zu ihren Füßen stehen die Taschen mit dem Essen.

Entgegen ihrer sonstigen Gewohnheit hört man von den Mädels keinen Mucks. Kein Schwatzen. Kein Lachen.

Mit großen Augen sehen sie hinauf zum Berg. Thato kann ihre Ehrfurcht nachempfinden. Dieses dünne Stahlseil soll eine Gondel mit 65 Menschen tragen? Das ist unheimlich. Thato ist froh, dass auch sein Freund Lethabo hier ist.

Er sitzt auf seiner Trommel und starrt ebenfalls nach oben. Hinter ihm steht seine Schwester Amahle.

Sie ist die hübscheste aller Frauen auf diesem Platz. Die Haare hat sie zu dichten Knoten gebunden, sie betonen ihre schöne Kopfform. Wie dunkle Schokolade glänzt ihre Haut in der Sonne. Sie trägt ein modernes Top, das sie mit rosa-gelben Batikstoffen kombiniert hat, die lässig um ihre Hüfte schwingen. Verlegen schaut sie auf ihre bloßen Füße.

Thato möchte zu ihr gehen, doch da taucht plötzlich Pa neben ihm auf und zischt: „Was ist, wenn dieser Typ nicht kommt?" Seine Augen funkeln zornig. „Dann haben wir uns alle zum Affen gemacht. Verschaukeln lassen."

„Er kommt", versucht Thato seinen Vater zu beruhigen.

„Denk doch an die Anzahlung für das Essen. Die hat er uns doch nicht umsonst gegeben."

Pa scheint mächtig nervös zu sein. Zwischen den Touristen wirkt er in seinem bunten Kaftan und der perlenbestickten Haube wie ein Exot. Unruhig sieht er zwischen dem Bus, mit dem sie gekommen sind, und dem Ticketschalter hin und her.

„Wenn der nicht bald hier ist, essen wir alles alleine auf."

Er reckt den Kopf in Richtung Bushaltestelle. Vom Geländer dort hat man bereits einen eindrucksvollen Blick auf die Umgebung. Riesengroß, wie ein ausgebreiteter Häuserteppich, liegt Kapstadt unter ihnen. Zu gern würde Thato mit Amahle hinübergehen und nur schauen.

Doch dann erscheint Rolf am Absperrgitter der Seilbahn. Er trägt helle Hosen, ein buntes Hemd und scheint in Feierlaune zu sein.

Vor Thatos Vater bleibt er stehen und reicht ihm die Hand. „Freut mich, sie kennenzulernen. Ich bin Rolf."

„Vuyo", knurrt Pa und ergreift zögernd die dargebotene Hand.

Thato lächelt erleichtert. Es ist ein gutes Zeichen, denn Pas Name bedeutet ›Frieden‹.

Rolf begrüßt auch alle anderen mit Handschlag und erklärt, dass seine Conny oben wartet, die Aussicht genießt und nichts ahnt. Er wedelt mit den Tickets und leitet die bunte Schar durch die Absperrung.

Sie müssen nur wenige Minuten warten, Rolf scheint alles geregelt zu haben. Langsam schwebt die große runde Glasgondel in die Station, und als sich die Schranke öffnet, dürfen Thatos Leute zuerst einsteigen. Es kommt ihm wie ein Traum vor, als sich die Gondel lautlos hebt. Er hat für Amahle einen Platz an der Scheibe erkämpft und steht dicht hinter ihr. Ihr Duft kitzelt seine Nase.

„Wie hast du das nur geschafft, Thato?", flüstert sie ihm zu.

„Ich habe die Fahne geschwungen und mich nicht klein gemacht", antwortet er und lächelt.

Langsam breitet sich Kapstadt vor ihnen aus.

Thato staunt, wie riesig es ist. Er sieht die Berge, die die Stadt umsäumen, das Meer, den Hafen, die City, die vielen Villen mit ihren Pools und die Townships. Die Gondel dreht sich gemächlich und Thato fasst einen Entschluss.

Er will arbeiten. Einen richtigen, gutbezahlten Job finden. Für seine Familie, für Amahle, und für ein besseres Leben.

Sie haben großes Glück. Über dem Plateau des Berges hängt heute keine Wolkendecke. Im Kiosk schnappt sich Rolf eine für ihn bereitstehende Tasche mit Getränken und geht voran. Er führt die Gruppe über den befestigten Wanderweg nach Süden, wo sich weniger Touristen befinden.

Ein niedriger flacher Felsen dient als Tisch, den die Frauen mit einem grellbunten Tuch bedecken, ehe sie beginnen, die mitgebrachten Speisen darauf auszubreiten.

Als das erledigt ist und Rolf geht, um seine Conny zu holen, treten die mutigsten der Familie etwas näher an den Rand des Berges.

Thato bietet Amahle seine Hand an, die sie umklammert, als sie in die Tiefe spähen. Im blauen Dunst unter ihnen liegt Kapstadt. Die Straßen, der Staub, ihre armseligen Hütten, das alles scheint im Moment so weit weg zu sein.

Nicht nur Thato und Amahle fühlen sich hier oben wie im Himmel. Die Augen seiner Geschwister, seiner Ma und auch die von Lethabo strahlen.

Nur Pa schaut noch immer finster. Er bleibt bei den Speisen und behauptet, er hätte Höhenangst.

Schließlich kommt Rolf Hand in Hand mit seiner Conny angeschlendert. Die untersetzte, blonde Frau in den Fünfzigern im luftigen Sommerkleid ist Thato auf Anhieb sympathisch. Ihr Gesicht zieren Lachfältchen und Sommersprossen.

Wie zufällig bleiben die beiden vor dem gedeckten Felsen stehen und Rolf fragt sie etwas in deutscher Sprache, das Thato nicht versteht.

Sie schüttelt den Kopf und lächelt die bunte Gesellschaft verlegen an. Ma geht aufmunternd auf Conny zu und bittet sie mit einer einladenden Geste, auf einem der Kissen Platz zu nehmen. Rolf flüstert ihr etwas ins Ohr und Connys Augen weiten sich vor Erstaunen.

In dem Moment stimmen Thatos Schwestern ein Lied an. Es ist ein Willkommenslied, das sie daheim immer singen, wenn Gäste eintreffen. Lethabo kniet vor seiner Trommel und schlägt den Takt dazu. Thato ist irritiert, als seine jüngsten Schwestern zu tanzen beginnen. Wollten sie nicht erst essen? Doch die Musik und die Stimmung sind stärker.

Sogar Pa wippt mit dem Fuß. Thato setzt sich zu Lethabo und sie trommeln mit vereinten Kräften.

Die Mädels drehen sich anmutig, stampfen mit den bloßen Füßen und recken die Arme zum Himmel. Hinter ihnen steht Amahle und singt mit glockenklarer Stimme.

Dabei schaut sie nur Thato an, der ebenfalls den Blick nicht von ihr wenden kann. Sein Herz rast und ihm wird schwindelig vor Glück. Ihm ist, als drehe sich in diesem Moment die ganze Welt um sie und ihre Musik.

Wieder sagt Rolf etwas zu Conny und seine Worte lassen sie erstrahlen. Wandersleute und Touristen bleiben stehen und beginnen im Takt zu klatschen. Als das Lied verklingt, gibt es einen großen Applaus - nicht nur von Conny und Rolf.

Ein Amerikaner, der die Show mit seinem Handy gefilmt hat, ruft laut: „Super Performance, Leute. Wo kann man euch buchen?"

Thato sieht Tränen in Connys Augen glitzern, als sie auf dem vorbereiteten Kissen neben Rolf Platz nimmt, und Pa ein Gebet spricht.

Die Tafel auf dem Tafelberg ist reichlich gedeckt mit frischem Obst, gegrillten Fleischspießen, gefüllten Teigtaschen, Maisbrei, Trockenfleisch, frischem selbstgebackenem Brot und frittiertem Gebäck. Daneben liegen Besteck, Pappteller und Servietten bereit.

Thato bekommt ein Zeichen von Pa und sagt auf Englisch: „Wir freuen uns sehr, dass Sie heute unser Gast sind, Conny, und wünschen allen einen guten Appetit."

Conny legt eine Hand auf ihr Herz und lächelt in die Runde. Sie ist sichtlich ergriffen. Schließlich sagt sie stockend: „Ich kann es kaum fassen. Herzlichen Dank an euch alle. Das ist eine gelungene Überraschung und ich fühle mich sehr geehrt." Dann beugt sie sich zu Rolf hinüber, umarmt und küsst ihn.

Thatos Schwestern kichern. Als Conny sich eine Aprikose nimmt, langen auch alle anderen kräftig zu. So reichlich wird sonst nur zu Hochzeiten aufgetischt.

Thato, der Rolf gegenüber sitzt, meint kauend: „Sie müssen ihre Conny sehr lieben. Werden Sie sie heiraten?"

Rolf streicht Conny zärtlich über die Schulter und küsst sie noch einmal. „Nein, ich werde sie nicht heiraten. Das habe ich bereits vor fünfundzwanzig Jahren getan!"

ENDE

Mamas Paella

von Gianna Goldenbaum

„Ich muss einfach mal raus hier." Sonja zog ihre Stirn in Fältchen. Sie saß mit ihrer Freundin Heike in deren Küche bei einem Kaffee und schüttete ihr Herz aus. „Der ganze Mist mit Antonio und der Zwist mit meinen Eltern wegen ihm, all das zerrt total an meinen Nerven."

Sonja seufzte. Antonio war nur auf ihr Geld aus gewesen, und sie hatte extra für ihn einen Kredit aufgenommen. Ihre Eltern waren von Anfang an gegen ihn gewesen und hatten sie gewarnt.

„Du solltest mal Urlaub machen", meinte Heike und drückte tröstend Sonjas Hand. „Oh, ich hab eine Idee! Fahr nach ›Hospitalet del Infante‹. Das ist ein kleiner Ort in Spanien. Total süß und romantisch gelegen."

Sonja musterte ihre Freundin zweifelnd. „Vom Italiener zu einem Spanier?"

„Wer sagt denn, dass du eine neue Liebe finden sollst? Du musst mal entspannen. Ich kenne eine schöne Bungalow-Anlage, sie heißt ›Pino Alto‹. Ich frage gleich mal nach, ob sie noch ein Häuschen frei haben."

Sie hatten, und Sonja gab dem Drängen ihrer Freundin schließlich nach.

Bald darauf packte sie ihren roten Hartschalenkoffer. Den hatte sie sich extra gekauft, um Antonio häufiger in Italien besuchen zu können. Aber dazu war es dann ja nicht mehr gekommen.

Sonja klappte den Koffer energisch zu. Jetzt wollte sie nach vorne schauen.

Sie freute sich nun doch auf die heiße Sonne in Spanien, den Strand und alles was dazu gehörte. Bestimmt würde sie Antonio dort vergessen können.

Die Sonne strahlte von einem wolkenlosen Himmel, als Sonja in Hospitalet ankam. Sie stellte ihren Koffer in dem schlicht, aber gemütlich eingerichteten Bungalow ab. Der Fußboden war mit Terrakottafliesen ausgestattet. Unten gab es eine Terrasse. Klein aber fein. Und im Obergeschoss entdeckte Sonja vor dem Schlafzimmer sogar eine Loggia.

Sie trat hinaus und genoss den Ausblick auf das türkisblaue Meer. Mit geschlossenen Augen hob sie ihr Gesicht den warmen Sonnenstrahlen entgegen. Das Leben konnte doch so schön sein.

Später zog es sie auf den Markt zum Einkaufen. Sie wollte nämlich am Abend eine Paella für sich kochen. Schon bei ihrer Ankunft hatte sie gesehen, dass ganz in ihrer Nähe bunte Stände aufgebaut waren.

Sonja nahm ihren geflochtenen Korb und machte sich auf den Weg. Als sie auf dem Markt ankam, konnten ihre Augen gar nicht so schnell alles aufnehmen, was sie dort zum Staunen brachte. Es herrschte ein reges Treiben. Die Kleidung der Leute war bunt und auffällig. Die Stimmung überwältigend, alle schrien durcheinander, um ihre Waren anzupreisen oder um den Preis zu feilschen. Köstliche Gerüche kitzelten ihre Nase. Paprikas, die groß und bunt waren, erregten an einem Stand ihre Aufmerksamkeit. Sonja entdeckte eine besonders schöne, deren rote Farbe glänzte, als wäre sie mit Lack überzogen.

Als sie nach der Paprika griff, tat das gleichzeitig eine andere Hand, die so braun war wie Kaffee. Ihre Finger berührten sich und es fühlte sich für Sonja an, als würden kleine Stromstöße durch ihren Arm zucken. Die Berührung war so leicht wie der Flaum eines neugeborenen Vögelchens. Trotzdem spürte sie die Wärme der fremden Hand.

„Entschuldigung", rief sie reflexartig, und schaute hoch. Sie sah in zwei schwarze, glänzende Augen, in denen der Schalk blitzte.

Schmerzvolle Erinnerungen durchzuckten sie.

Solche Augen hatten Sonja schonmal sehr enttäuscht und ihr Herz gebrochen.

Sie schob den Gedanken beiseite. Das gehörte zur Vergangenheit.

„Hola, Guapa." Die dunklen Augen blitzten auf wie glühendes Feuer. Sonja lief prompt rot an. Der Fremde deutete eine Verbeugung an.

„Selbstverständlich gebe ich Ihnen den Vortritt."

Charmant trat er einen Schritt zurück. Sein Deutsch war perfekt, stellte Sonja fest.

„Ich möchte heute Abend eine Paella machen und kaufe die Zutaten dafür", erklärte sie und biss sich gleich danach auf die Zunge. Das hörte sich ja an wie „Ich hab eine Melone getragen" aus dem Film *Dirty Dancing*. Den konnte sie mitsprechen, so oft hatte sie ihn schon gesehen.

„Ah, Paella!", rief der Fremde aus. „Meine Mama macht die beste Paella der ganzen Welt. Ich habe noch keine bessere gegessen. Sie ist eine exzellente Köchin."

Sonja hatte mal gehört, dass für Südländer die Mutter fast wie eine Heilige war.

„Ich bin übrigens Juan Quinonero", fügte er hinzu und reichte Sonja die Hand, deren Wärme ihr ein Gefühl von

Geborgenheit vermittelte. Es fiel ihr schwer, sie wieder loszulassen.

„Hätten Sie etwas dagegen, wenn wir ein wenig gemeinsam über den Markt schlendern? Ich könnte Ihnen einen Stand zeigen, wo es den besten Paella-Reis gibt."

Sonja nickte zustimmend und war begeistert von den einzelnen Ständen. Zusammen tranken sie später dann noch einen Kaffee. Juan setzte ein trauriges Gesicht auf, als sie sich verabschiedeten.

„Leider gibt es für mich heute nur eine Tiefkühlpizza und eine Dokumentation über Orang-Utans. Hach, ich würde auch gerne mal wieder Paella essen. Leider ist meine Mama verreist. Sie besucht ihren Bruder in Deutschland."

Mitleidheischend wie ein junger Hund sah er Sonja an. Juan tat ihr leid und sie überlegte blitzschnell, ob sie ihn nicht einladen sollte. Sie wusste wohl, dass es seine Absicht war, sie aus der Reserve zu locken.

„Hätten Sie Lust, heute Abend zu mir zum Essen zu kommen?", platzte es aus ihr heraus. „Paella schmeckt zu zweit doch viel besser."

„Oh ja, vielen Dank", rief er aus. „Es ist meine absolute Lieblingsspeise. Obwohl sie keiner so gut zubereitet wie meine Mama." Juan schmunzelte.

Sonja sah ihm an, dass er sich sehr über die Einladung freute. Deswegen nahm sie ihm seine Bemerkung auch nicht übel.

Trotzdem konnte sie sich ein innerliches Lachen nicht verkneifen. Wenn er wüsste, wie gut sie kochen konnte! Schließlich war sie Köchin in einem spanischen Restaurant in ihrer Stadt. Da war Paella auf der Speisekarte praktisch zu Hause.

Eigentlich sollte sie sich ein wenig zieren. Vielleicht war es seine Masche, Urlauberinnen abzuschleppen. Und wenn sie wieder nach Hause fuhren, kam die nächste.

Wollte Sonja wirklich auf seine Liste, um dort abgehakt zu werden? Andererseits war er schon süß ... Und sie hatte schließlich Urlaub.

Als hätte Juan ihre Gedanken erraten, wollte er ihr wohl schnell die Zweifel nehmen.

„Wer weiß, wie lange Sie noch hier sind. Sie machen doch sicher nur Urlaub bei uns?" Er betrachtete Sonja neugierig.

Seine Augen sind wie ein aufgeschlagenes Bett, dachte sie. Bei dem Gedanken spürte sie, wie die Hitze ihr in die Wangen stieg. Was war bloß los mit ihr?

Na ja, der letzte Sex war schon lange her. Sie sehnte sich danach, menschliche Nähe zu spüren.

„Ja, ich wohne in der Bungalowanlage ›Pino Alto‹. Heute Abend um acht? Es ist gleich der erste Bungalow rechts in der Anlage."

Normalerweise war Sonja nicht so schnell mit ihren Verabredungen. Sie war fast ein wenig erschrocken über sich.

Doch der Spanier hatte es ihr angetan. Sie musste ihn unbedingt wiedersehen.

Zum Abschied gaben sie sich die Hand und Sonja machte sich auf den Weg, um die letzten Dinge zu besorgen, die sie noch für ihr Essen brauchte.

Zurück im Bungalow begann sie, voller Vorfreude die beste Paella der Welt für Juan zuzubereiten. Wir wollen doch mal sehen, dachte sie, wer die bessere Paella macht. Seine Mama - oder ich.

Je später es wurde, desto mehr stieg die Anspannung in ihr. Was, wenn Juan feststellte, dass doch seine Mama die bessere Köchin war?

Pünktlich um acht klingelte es, und er stand mit einer Flasche Rotwein vor ihrer Tür. Schnuppernd betrat Juan den Bungalow. „Das riecht fantastico."

Er warf Sonja, deren Kleid ihre Schultern und ihr Dekolleté betonten, einen bewundernden Blick zu. Sofort verspürte sie ein Kribbeln im Bauch, als würden Scharen von Schmetterlingen dort flattern. Ihre Beine zitterten. Was für eine Wirkung dieser Mann auf sie hatte!

Jetzt reiß dich mal zusammen, schalt Sonja sich.

Sie hatte den Tisch im Garten mit weißem Geschirr gedeckt. Dazu passten die Servietten, die die rote Farbe der Liebe hatten. Zum Glück hatte sie das alles in den Schubladen des Bungalows gefunden. Die Teller waren zwar ein wenig angeschlagen, aber das fand sie nicht schlimm.

Obwohl es noch nicht dunkel war, zündete sie die Kerzen an.

Es lag ein verführerischer Duft in der Luft. Grillen zirpten. Die Atmosphäre ließ Sonjas Herz mal wieder höher schlagen. Ihr Puls ging vor Nervosität etwas schneller, als sie die Paella auf den Tisch stellte.

Juan wirkte etwas skeptisch, doch Sonja lächelte ihn siegessicher an und füllte ihm von der Speise auf.

Dann beobachtete sie gespannt, wie er sich den ersten Bissen in den Mund schob. Langsam ließ er sich die Paella auf der Zunge zergehen. Füllte die Gabel erneut und seine Gesichtszüge entspannten sich zusehends.

„Que rico", lobte er. „Wirklich köstlich. Sogar besser als bei meiner Mama. Gracias, Sonja, so eine leckere Paella hat mir noch keine Frau serviert."

Mit sichtlichem Behagen aß Juan weiter. Sonjas Herz machte einen Freudensprung.

Jetzt konnte auch sie beruhigt essen.

Nach dem Essen reichte sie einen Licor de hierbas, einen spanischen Kräuterlikör.

Juan blickte erfreut auf das Glas. „Ich bin erstaunt, wie gut du die Gewohnheiten meines Landes kennst."

Später, als sie in den beleuchteten Garten schauten, tranken sie noch einen Carajillo, einen Kaffee mit Schuss. Man trank ihn, wie Sonja von ihrer Arbeit im Restaurant gelernt hatte, in Spanien gerne nach einem guten Essen.

Juan seufzte zufrieden.

„Ich habe vor langer Zeit zu meiner Mama gesagt: Sollte ich jemals eine Frau treffen, die eine so gute Paella macht wie du, dann wird das die Frau meines Lebens." Er wandte sich Sonja zu. „Querida, du machst sogar noch eine bessere Paella als meine Mama. Ich wäre glücklich, dich wiederzusehen."

Er nahm ihre Hand in seine und hauchte einen Kuss darauf, ohne sie aus den Augen zu lassen. Lächelnd erwiderte sie seinen Blick und beschloss, die Zeit, die sie noch hier sein würde, mit jeder Faser ihres Herzens zu genießen. Und wer weiß, dachte sie, vielleicht wird ja auch mehr daraus.

ENDE

Entscheidung am Strand

von Britta Bendixen

Der Strand war menschenleer. Nur ein paar Möwen, die sich vom Wind tragen ließen, und die rasch dahin ziehenden Wolken leisteten Felicitas Gesellschaft. Sie war froh, dass sie sich zu diesem Spaziergang aufgerafft hatte. Er tat ihr gut. Tom hatte keine Lust gehabt, sie zu begleiten, und im Grunde war sie froh darüber.

Ihr Blick glitt zum Horizont. Sie liebte das Meer, seine vielen Gesichter. Heute wirkte es zornig und aufgewühlt, mit Schaumkronen, die sich wie ärgerlich zusammengezogene Augenbrauen kräuselten.

An anderen Tagen war es friedlich und ausgeglichen. Dann glitzerte es im Sonnenlicht und wirkte mit seinem Kleid aus zahllosen funkelnden Pailletten wie eine herausgeputzte, bestens gelaunte Diva.

Auch den Wind mochte Felicitas. Es gefiel ihr, wenn er an ihrer Jacke zerrte und durch ihr Haar fuhr wie ein leidenschaftlicher Liebhaber. Wenn er ihr Gesicht stürmisch küsste und eine sanfte rote Tönung auf ihren Wangen hinterließ. Felicitas senkte den Blick zum Boden, wo kleine Wellen am Strandsand leckten und sich dann wieder zurückzogen, als hätte er nicht geschmeckt.

Wer weiß, dachte sie mit einem wehmütigen Schmunzeln, *vielleicht ist es so.*

Ihre Gedanken wanderten zu Tom und sie runzelte unwillkürlich die Stirn. Was stimmte nicht mit ihr? Sie konnte sich doch glücklich schätzen, einen Mann wie ihn gefunden zu haben. Tom war freundlich, half im Haushalt, war zärtlich, rücksichtsvoll und fürsorglich. Ihre zahlreichen Macken tolerierte er mit einem nachsichtigen Lächeln. Nie beschwerte er sich, wenn sie mal wieder aus einer Laune heraus die Möbel umstellte. Oder wenn sie kochte und als Beilagen Entschuldigungen servierte. Er sah sich mit ihr Filme an, die auf den Tränendrüsen herum drückten und ging sogar mit ihr shoppen, ohne ständig dabei auf die Uhr zu sehen. Er war der perfekte Mann.

Die Hände tief in den Taschen ihrer Windjacke vergraben ging sie weiter.

Die Abdrücke ihrer Segelschuhe im feuchten Sand waren nur für Sekunden sichtbar, dann verschwanden sie, unbetrauert und sogar unbemerkt, denn Felicitas sah nun zum Himmel hinauf, der an diesem Herbstnachmittag wie ein riesiges göttliches Gemälde aussah. Wolkenberge in verschiedenen Rosa- und Grautönen zogen so eilig vorbei, als hätten sie einen wichtigen Termin, zu dem sie nicht zu spät kommen wollten.

Sie betrat den hölzernen Steg, der ins Wasser führte. Die Bretter knarrten leise. Es klang, verglichen mit dem Tosen der Wellen, fast schüchtern. Als sie die Mitte des Holzstegs erreicht hatte, stützte sie die Unterarme auf das Geländer und sah ins aufgewühlte Wasser hinunter.

Jetzt wirkte es grau und trüb. Noch heute Morgen war es glasklar gewesen, hatte grün geschimmert, gefärbt von Moos und Algen. Jeder einzelne der von Sand und Wasser rundgescheuerten Kiesel war deutlich zu erkennen gewesen. Nun waren sie allerhöchstens zu erahnen.

Hinter ihr erklangen Schritte. Schlendernd, aber fest. Das Geräusch riss sie aus ihren Gedanken und erinnerte sie daran, dass sie doch nicht ganz allein auf der Welt war. Eben hatte es sich so angefühlt, jedenfalls ein bisschen.

Die Schritte verklangen abrupt.

„Lizzy?" Es klang verwundert, fast ungläubig.

Sie wandte den Kopf in die Richtung, aus der die Stimme gekommen war. Es war eine Stimme, die tief in ihr eine verstaubte Saite zum Klingen brachte.

Lizzy. Jeder - auch Tom - nannte sie bei ihrem vollen Namen oder verkürzte ihn manchmal auf Feli, was sie ganz schrecklich fand. Nur ein Mensch hatte sie je Lizzy genannt und diese Erkenntnis ließ ihr Herz schneller schlagen.

Die tief stehende Sonne blendete sie. Felicitas hielt sich eine Hand über die Augen wie den Schirm eines Baseball-Caps, und konnte nun erkennen, wer sie angesprochen hatte.

„Das darf doch nicht wahr sein", wisperte sie erstickt und blinzelte die Tränen weg, die plötzlich ihre Sicht verschleierten.

Er lächelte breit und trat näher. „Ich glaube es nicht! Du bist es wirklich."

Sie sah ihn an und hatte das Gefühl, wieder sechzehn zu sein, so heftig schlug ihr Herz gegen die Rippen. Ein paar kleine Fältchen umrahmten seine schönen dunklen Augen, ansonsten hatte er sich nicht wesentlich verändert. Es war David. Ihr David! Ganz eindeutig.

Schon war sie in seiner Umarmung verschwunden. Etwas schnürte ihr die Kehle zusammen, als sie die Wange an seine breite Brust legte, doch dann löste er sich bereits wieder von ihr und musterte sie unverhohlen, die Hände auf ihren Schultern.

„Du siehst gut aus, Lizzy."

„Danke. Du auch."

Eine kurze Pause entstand.

„Was machst du hier?", fragten sie schließlich gleichzeitig.

„Du zuerst!"

Auch der Satz kam synchron. Sie lachten und das Eis war gebrochen.

„Mein Mann und ich verbringen unseren Urlaub hier", berichtete Felicitas. „Aber was machst du in unserer alten Heimat? Irgendjemand erzählte mir, du wärst ausgewandert und würdest in Neuseeland leben."

David nickte. „Das stimmt. Doch manchmal muss ich einfach hierher zurückkommen. Hin und wieder vermisse ich den norddeutschen Sinn für Humor."

Er breitete die Arme aus. „Und diese Luft. Die findet man nirgendwo sonst."

Sie lächelte. „Das ist wahr."

Nebeneinander lehnten sie am Geländer, das Meer im Rücken, die Ellenbogen auf dem hölzernen Querbalken der Brüstung.

„Geht es dir gut?", fragte er und musterte sie neugierig.

Sie nickte und mied seinen Blick. „Ja, sicher. Es geht mir hervorragend. Und dir?"

„Jetzt, in diesem Moment?" Er lachte leise. „So gut wie lange nicht mehr."

Nun hob sie doch den Kopf und bemerkte das Funkeln seiner zartbitterschokoladebraunen Augen. Was sie darin zu erkennen glaubte, machte sie verlegen und unvernünftig glücklich zugleich.

Ein paar Wimpernschläge lang sahen sie sich einfach nur an. Die alte Verbundenheit war wieder da, als hätte es all die Jahre, die sie voneinander getrennt gewesen waren, gar nicht gegeben.

David drehte sich plötzlich um und sah aufs Meer hinaus.

„Ich war sicher, ich würde dich nie wiedersehen." Er sprach leise, ohne den Blick vom Horizont zu nehmen. Eine Windböe erfasste sein schwarzes, an den Schläfen langsam grau werdendes Haar und zerzauste es.

Früher habe ich das getan, fiel Felicitas ein. Sie lächelte bei der Erinnerung daran und glaubte wieder zu fühlen, wie seine kräftigen Strähnen durch ihre Finger glitten.

David wandte sich ihr zu. „Es hat mir das Herz gebrochen, als du damals weggezogen bist."

„Mir auch, glaub mir." Seufzend drehte auch sie sich nun um, stützte wieder die Arme auf, wie vorhin, bevor er sie angesprochen hatte. „Aber was hätte ich schon tun können? Um allein hier zu bleiben, war ich zu jung."

„Du hast versprochen, zu schreiben, doch du hast es nie getan", erinnerte er sie. „Warum nicht?"

Es fiel ihr schwer, seinem intensiven Blick standzuhalten. „Ich dachte, ein endgültiger Schnitt wäre weniger schmerzhaft." Sie lachte bitter auf. „Wie sich herausstellte, war das ein Irrtum."

Nebeneinander verließen sie den Steg und steuerten die Promenade an.

„Hast du Familie?", fragte Felicitas.

David schüttelte den Kopf. „Nein. Es hat sich irgendwie nie ergeben." Ein zärtliches Lächeln begleitete seine nächsten Worte: „Es war eben keine wie du."

Sie schluckte und blieb stehen. Der Wind trieb heiße Tränen in ihre Augen. Mit einer ungeduldigen Handbewegung wischte sie sie fort. Es war so dumm, jetzt zu heulen. Vielleicht hätte ihre Liebe eine Chance gehabt, irgendwann früher. Wer konnte das schon sagen? Sicher war nur, dass es jetzt zu spät war. Sie war verheiratet und David lebte am anderen Ende der Welt.

„Wie lange bist du noch hier?", fragte er leise und ergriff ihre tränenfeuchte Hand.

„Nur eine Woche."

„Das ist nicht viel Zeit." Mit der freien Hand strich er über ihre vom Wind gerötete Wange. „Machen wir das Beste draus?"

Sie wollte den Kopf schütteln, vernünftig sein. Das Richtige tun. Und sagte: „Ja. Machen wir das Beste draus."

„Wo ist dein Mann?"

„Er sieht sich im Fernsehen ein Fußballspiel an."

„Komm", sagte David. „Gehen wir einen Kaffee trinken."

Mit leuchtenden Augen und von der Meeresluft erfrischter Haut betraten sie ein nahe gelegenes Café. An den kleinen Tischen saßen hauptsächlich ältere Damen, bekleidet mit Röcken und Blusen in unauffälligen Farben, nippten am Kaffee oder stachen ihre Kuchengabel in Schwarzwälder Kirsch- oder Trümmertorte.

Dezentes Geplapper und leises Gelächter vermischte sich mit dem Klappern von Geschirr. Schwarzweiß uniformierte Bedienungen huschten auf bequemen Schuhen mal hierhin, mal dorthin. Lächelnd, nickend - berufsmäßig auf Höflichkeit getrimmt. Die Luft roch nach frisch gemahlenem Kaffee.

Felicitas und David fanden einen Tisch weiter hinten im Lokal, setzten sich und bestellten. Kurz darauf standen zwei große Tassen mit Cappuccino vor ihnen. David ließ etwas Zucker auf den Schaum rieseln. Die feinen weißen Körner versanken und hinterließen einen luftigen weißen Krater.

„Was machst du beruflich?", wollte er wissen.

„Ich arbeite in einem Hotel, im Sekretariat."

„Klingt interessant."

Sie zog eine Grimasse. „Das ist es aber nicht."

Er legte den Löffel zur Seite, ein fast trauriges Lächeln im Gesicht. „Es ist verrückt. Ich sehe dich an und möchte dich in die Arme nehmen, so wie früher."

Ein Kribbeln breitete sich in ihr aus, kroch von den Füßen bis hinauf zu ihrer Kopfhaut. Sie schaute ihn an und wusste, es hatte keinen Zweck, ihm oder sich selbst etwas vorzumachen.

„Mir geht es genauso", gestand sie daher leise. „Ich glaube, ich weiß jetzt, warum ich immer das Gefühl hatte, dass mir irgendetwas fehlt."

„Du bist nicht glücklich mit deinem Mann?"

Sie hob die Schultern. „Es ist nicht seine Schuld. Seit damals war ich nie wirklich glücklich, aber dank Tom war ich auch nicht unglücklich."

David nickte und rührte nachdenklich in seiner Tasse. „Habt ihr Kinder?"

„Nein." Leise fügte sie hinzu: „Tom wünscht sich zwar welche, aber ich ... ich war bisher nicht bereit dafür. Es fühlte sich nicht ... richtig an."

David hob den Kopf. Ein Lächeln lag auf seinen Lippen, das sie nicht recht deuten konnte. „Glaubst du an Schicksal, Lizzy?", fragte er leichthin.

„Eigentlich nicht." Sie zögerte. „Aber seit heute würde ich zumindest einräumen, dass ich da falsch liegen könnte. Was ist mit dir, glaubst du daran?"

„Oh ja." Er sah ihr in die Augen. „Das tue ich."

Als sie die Tür zur Ferienwohnung aufschloss, war es bereits dunkel. Aus dem Wohnzimmer hörte sie die Stimme eines Sportmoderators. Tom lag auf dem Sofa, die Augen geschlossen, den Mund leicht geöffnet. Das Spiel war zu Ende und wurde in allen Einzelheiten analysiert - darüber war er wohl eingeschlafen.

Im Zimmer war es dämmrig, es wurde nur vom Flackern des Fernsehers erhellt. Toms Gesicht wirkte beinahe geisterhaft in diesem diffusen Licht.

Sie schlüpfte aus ihren Segelschuhen, hängte die Jacke auf und ging leise ins Schlafzimmer. Dort ließ sie sich auf das Bett fallen. Die Arme hinter dem Kopf verschränkt blickte sie an die Zimmerdecke. Dachte an früher.

Eine Freundin hatte sie und David in der Disco miteinander bekannt gemacht. Kurz darauf forderte er sie zum Tanzen auf. Sie stimmte zu, weil sie den Song so gern mochte.

Und weil David höflich gefragt hatte, statt wie einige andere Typen einfach ihren Ellenbogen zu ergreifen, zur Tanzfläche zu weisen und „Na, komm schon!" zu sagen.

Er war auch einer der wenigen Jungs, die sich zur Musik bewegen konnten, ohne dabei auszusehen, als hätten sie gerade einen Finger in der Steckdose. Er war lustig, unaufdringlich und freundlich. Ein netter, gutaussehender Typ mit einem ansteckenden Lachen.

Sie verabredeten sich für den nächsten Tag auf dem Jahrmarkt, der zu dieser Zeit gerade in der Stadt war, und als David sie bei den Autoscootern das erste Mal leicht auf den Mund küsste, war Felicitas bereits rettungslos verknallt.

Von dem Tag an waren sie unzertrennlich. In seinen Armen verlor sie ihre Unschuld. Mit David war sie so glücklich wie nie zuvor in ihrem Leben und sie wusste, sie würde nie wieder jemanden so lieben wie ihn.

Als ihr Vater ihr mitteilte, dass er nach Düsseldorf versetzt worden war und sie daher umziehen müssten, glaubte Felicitas, sie würde sterben. Nach nur acht Monaten Seligkeit wurde sie gezwungen, den Menschen zu verlassen, der ihr von allen am wichtigsten war. Der tränenreiche Abschied von David kam ihr vor wie eine Herzamputation ohne Narkose.

Fast ein Jahr lang sprach sie mit ihrem Vater nur das Nötigste, obwohl sie wusste, dass er nicht anders hatte handeln können. Noch Jahre später, als sie bereits mit Tom zusammen war, dachte sie immer wieder an David, doch nicht mehr voller Trauer. Eher wehmütig.

Und nun war er wieder da und die Gefühle von einst feierten ein verwirrendes Comeback. Doch konnte sie diesen Empfindungen einfach so nachgeben? Sie waren beide älter geworden, hatten sich verändert. Ja, sie kannten sich im Grunde überhaupt nicht. Und doch gab es noch immer diesen Zauber zwischen ihnen.

Nachdem sie heute den Cappuccino getrunken und das Café verlassen hatten, waren sie ein wenig in der Umgebung spazieren gegangen. Beim Abschied hatte David sie angesehen und gefragt: „Morgen um elf? Auf dem Steg?"

Sie hatte Ja gesagt.

„Was macht dein Mann heute?"

„Er wollte ins Museum."

„Du nicht?"

Sie blieb stehen und sah ihn an. „Nein. Ich wollte zu dir."

David lächelte, nahm ihre Hand und zog sie weiter, bis sie das Ende des Stegs erreicht hatten.

„Hast du ihm von mir erzählt?"

„Nein. Noch nicht."

„Und? Wirst du es tun?"

Sie schwieg. Das Meer war ruhiger als am Vortag. Nur ein leises Glucksen war zu hören, wenn kleine Wellen auf die Pfeiler des Stegs trafen.

„Früher hattest du Mut zum Risiko", erinnerte David sich nachdenklich. „Wie sieht es heute damit aus?"

„Was meinst du damit?"

Er hielt ihrem Blick stand. „Wenn ich dich bitten würde, zu mir zu kommen, nach Gisborne, würdest du es tun?"

Felicitas sah aufs Meer hinaus. David war schon immer spontan gewesen, doch mit dieser Frage hatte sie nicht gerechnet. Zumindest nicht so bald.

„Erzähl mir von dort", bat sie, einer Antwort ausweichend.

Er legte einen Arm um ihre Schultern und zog sie an sich. „Gisborne liegt auf der Nordinsel Neuseelands, im Nordosten. Dort ist es im Gegensatz zu anderen Gegenden meist warm und relativ trocken. Es gibt wunderschöne Strände und riesige Wälder. Die Stadt wird auch ›City of Rivers‹ genannt, weil sie von drei Flüssen durchzogen wird. Die Menschen sind sanft und freundlich. Es ist ein sehr schöner Ort zum Leben."

„Das klingt reizvoll." Sie schmiegte sich an ihn. „Was machst du dort? Womit verdienst du deinen Lebensunterhalt?"

„Ich baue Wein an, das Klima ist ideal dafür."

David erzählte von seinem Leben als Weinbauer, und Felicitas registrierte das Leuchten in seinen Augen und die Begeisterung, die er ausstrahlte. Er sah aus, als hätte er seinen Platz im Leben gefunden. Den Ort, wo er hingehörte.

„Wirst du darüber nachdenken?", fragte David beim Abschied.

Zögernd nickte sie. „Ja, das werde ich bestimmt. Aber -"

Sein Zeigefinger legte sich sanft auf ihre Lippen. „Mehr will ich im Augenblick gar nicht hören", unterbrach er sie. „Ruf mich an, wenn du dich entschieden hast. Oder wenn du mich sehen möchtest. Meine Nummer hast du ja nun."

Die Finger ihrer linken Hand spielten mit dem Zettel in ihrer Jackentasche, den David ihr vor wenigen Minuten wortlos in die Hand gedrückt hatte.

Nun zog er sie in seine Arme und sie ließ ihn gewähren. Genoss das Gefühl seiner Lippen auf ihrer Wange und das leichte Kratzen seines Dreitagebarts. Ein paar Herzschläge lang hielten sie sich schweigend fest.

„Ich habe dich schon einmal verloren", murmelte er an ihrem Ohr. „Noch einmal möchte ich das nicht erleben, Lizzy. Wenn du dasselbe fühlst wie ich, dann komm mit mir nach Gisborne."

Mit diesen Worten löste er sich von ihr, schenkte Felicitas noch einmal dieses unwiderstehliche Lächeln, in das sie sich vor fünfzehn Jahren verliebt hatte, drehte sich um und ging. Sie sah ihm ratlos nach, bis er aus ihrem Blickfeld verschwunden war.

Am Abend stocherte Felicitas schweigend in ihrem Essen herum. Tom, der von seinem Museumsbesuch schwärmte, fiel schließlich auf, dass sie kaum etwas aß.

„Was ist mit dir?", fragte er und trank einen Schluck Wein. „Du liebst doch Nudeln mit Lachs. Geht es dir gut, Liebling?"

Sie seufzte und ließ ihr Besteck sinken. „Ich habe einen Entschluss gefasst, Tom. Es war keine leichte Entscheidung, glaub mir. Ich habe viel darüber nachgedacht ..."

„Du sprichst in Rätseln", unterbrach er sie. „Komm zur Sache. Worüber hast du nachgedacht?"

Felicitas hole tief Luft. „Ich werde mich von dir trennen."

Er stellte sein Glas ab und sah sie verständnislos an. „Ich fürchte, ich verstehe nicht ganz."

„Es tut mir leid, Tom", versicherte sie. „Wirklich. Es tut mir sehr, sehr leid."

Mahnend runzelte er die Stirn. „Wenn das ein Scherz sein soll, dann ist er nicht besonders komisch."

Mit so viel Mut, wie sie aufbringen konnte, sah sie ihm fest in die Augen. „Ich meine es ernst."

Ungläubig starrte er sie an, seine Mundwinkel zuckten, wie immer, wenn er verärgert war. „Augenblick mal. Du verlässt mich?", vergewisserte er sich und fuhr sich durch das kurze blonde Haar. Eine Geste der Verwirrung, des Unverständnisses. „Einfach so? Von heute auf morgen? Ich kapiere das nicht. Hast du den Verstand verloren?"

Sie war den Tränen nahe. „Es liegt nicht an dir, bitte glaub mir. Es ist nur so, dass ..." Sie wusste nicht weiter, fand nicht die richtigen Worte. Es fiel ihr schwer, ihren Mann anzusehen. Ihre zitternden Finger ergriffen die Serviette, spielten mit ihr.

Eine unangenehme Minute lang sprachen beide kein Wort.

„Mein Gott!", stieß er plötzlich hervor, lehnte sich ermattet zurück und starrte Felicitas fassungslos an. „Es gibt einen anderen."

Das Meer sah in der Dunkelheit aus wie geschmolzenes Blei. Felicitas hörte das Rauschen der Brandung, spürte den Wind auf der Haut und den nachgiebigen Sand unter den Füßen. In Gedanken ging sie noch einmal das Gespräch mit Tom durch, sah wieder den Schmerz und die Enttäuschung in seinen Augen, als sie ihm von David erzählte, und hasste sich dafür, ihm so wehgetan zu haben. Das hatte er nicht verdient, auch wenn die darauffolgende Szene sehr unschön verlaufen war.

Sie holte ihr Handy hervor und wählte Davids Nummer.

„Ich habe es getan. Ich habe mich von Tom getrennt", sagte sie bedrückt, nachdem David sich gemeldet hatte. „Er war wütend, gekränkt und sehr verletzend mir gegenüber. So habe ich ihn noch nie erlebt. Es war einfach furchtbar."

David schnalzte mit der Zunge. „Das tut mir leid. Es war sicher ein Schock für ihn. Möchtest du allein sein oder hättest du gern Gesellschaft?"

„Seit einer Stunde renne ich den Strand auf und ab und denke nach. Ich bin durchgefroren und deprimiert."

„Dann komm her." Er nannte ihr seine Adresse. „Ich freue mich auf dich und mache uns einen heißen Tee mit Rum."

Zehn Minuten später war sie bei ihm. Sie fiel in seine Arme, spürte seine Lippen auf ihren und hatte das Gefühl, endlich nach Hause gekommen zu sein.

Beim Tee teilte sie David ihre am Strand getroffene Entscheidung mit.

„Ich werde mir für ein Jahr unbezahlten Urlaub nehmen und mit dir nach Gisborne kommen. Danach sehen wir weiter."

David nahm ihre Hand. „Einverstanden. Das klingt vernünftig."

Aufmerksam musterte sie ihn. „Bereust du schon, mir dieses Angebot gemacht zu haben?"

„Nein, überhaupt nicht." Er schenkte ihr ein beruhigendes Lächeln. „Ich finde nur, es ist besser, sich eine Hintertür offen zu halten. Falls es mit uns beiden nicht klappt, meine ich. Schließlich kann man nie wissen."

In den folgenden Tagen lernten sie sich neu kennen.

Tagsüber redeten sie miteinander, sprachen von der Zeit, in der sie nicht hatten zusammen sein können, und in den Nächten berauschten sie sich an der Nähe des anderen.

Davids Temperament und Leidenschaft rissen Felicitas mit, sie fühlte sich wie in einem erregenden Strudel. Derartiges hatte sie mit Tom nie erlebt. David brauchte sie nur anzusehen, und schon wurden ihre Knie weich wie frische Marshmallows.

Als sie eines Morgens am Strand spazieren gingen, drückte er sie fest an sich. „Ich kann immer noch nicht glauben, dass ich dich wiederhabe."

„Mir geht es genauso. Ich habe sogar das Gefühl, freier atmen zu können. Ist das nicht verrückt?"

Zärtlich küsste er ihr sonnenwarmes Haar. „Nein, das glaube ich nicht."

Sie hob den Kopf und sah ihn an. „Ist das Liebe?"

Er nickte ernst. „Davon bin ich überzeugt. Ich werde es dir beweisen, wenn du nach Gisborne kommst. Du wirst die glücklichste Frau Neuseelands sein, weil ich alles dafür tun werde, um dieses Strahlen in deinen Augen immer wieder aufs Neue zu entfachen."

„Wirklich alles?"

„Wirklich alles."

Felicitas lauschte den Wellen, die sich an den Klippen der Küste von Gisborne brachen und schloss die Augen. Sie stand häufig hier, mitten in den Elementen.

Nicht selten dachte sie dabei an Tom. Als sie nach dem Urlaub zurück nach Düsseldorf gefahren war, hatte er sich bereits eine eigene Wohnung genommen und nur ihre persönlichen Sachen im Haus zurückgelassen.

Er war noch immer verletzt und vermied es bis zu ihrer Abreise nach Neuseeland, mit ihr zusammenzutreffen.

Nach ihrer Ankunft in Gisborne hatte sie ihrem Mann geschrieben, jedoch keine Antwort erhalten. Sie machte sich Sorgen um ihn, hätte gern gewusst, wie es ihm ging. Doch er hüllte sich in gekränktes Schweigen. Diese Tatsache war der einzige Punkt, der ihr hin und wieder Kummer machte. Das fremde Land und seine freundlichen Menschen hatten sie mit offenen Armen empfangen.

Und David hatte Wort gehalten. Er tat alles, damit sie sich wohlfühlte. Las ihr jeden Wunsch von den Augen ab, war liebevoll, spontan und brachte sie immer wieder zum Lachen. Gab ihr das Gefühl, angekommen zu sein.

Auf einmal stand er hinter ihr und legte seine Hände auf ihren leicht gewölbten Leib. Langsam drehte sie sich um. Schlang die Arme um seinen Nacken, vergrub den Kopf in seiner Halsbeuge und atmete seinen Duft ein. Er roch nach Natur, nach Frische und salziger Meeresluft.

„Wie geht es euch beiden?", fragte er zärtlich.

„Fantastisch. Und dir?"

„Du hast Post bekommen." Seine Stimme klang seltsam brüchig. Er löste sich von ihr und zog einen zerknitterten Brief aus seiner Hosentasche.

Der Umschlag sah aus, als hätte David ihn bereits einige Stunden mit sich herumgetragen.

Sie nahm den Brief entgegen, drehte ihn in den Händen und las den Absender. Prompt verspürte sie eine eigentümliche Schwäche in den Beinen. Ihre Hand tastete nach Davids Arm.

Er führte sie zu der Bank, die er gezimmert hatte, weil sie so gern hier oben war. Als sie sich gesetzt hatte, ging er ein paar Schritte zur Seite. Ließ sie mit dem Brief allein.

Felicitas beobachtete, wie er schweigend einen Stein aufhob, ihn in der Hand wog und dann kraftvoll aufs Meer hinauswarf. Es war unschwer zu erkennen, dass er beunruhigt war.

Sie öffnete den Umschlag und zog einen Bogen Papier hervor. Der Brief war nicht sehr lang. Sorgfältig las sie die wenigen Zeilen, dann faltete sie das Schreiben wieder zusammen.

David kam zurück und setzte sich neben sie.

„Tom hat mir endlich verziehen", berichtete sie mit Tränen in den Augen. „Er möchte, dass ich nach Deutschland komme."

David runzelte die Stirn. „Ach! Tatsächlich?"

Lächelnd nahm sie seine Hand. „Ja. Zu unserem Scheidungstermin. Er hat sich verliebt und möchte die Frau gern heiraten."

Davids Gesichtszüge entspannten sich wieder. „Und ich hatte schon befürchtet ..."

„Es geht ihm gut", sagte Felicitas erleichtert. „Er ist wieder glücklich. Und ich bin es auch. Nun kann ich dieses

Glück endlich so richtig genießen." Sie streichelte zufrieden ihren Bauch.

Wenig später gingen sie Arm in Arm den Hügel hinab und lauschten den Wellen, die gegen die Felsen schlugen.

ENDE

100 Postkarten für Antonio

von Charlotte Armao

Isabella lehnte an der Steinmauer des Apartments und spielte träge mit einem Bändchen ihres gestreiften Bikinis. Sie war schon leicht gebräunt und blonde Locken bedeckten ihre Schultern. Weiter unten vom Strand winkte ihre kleine Cousine Bea heftig, weil sie mit ihr Ball spielen wollte. Isabella drehte ihren Kopf demonstrativ gelangweilt weg.

Sie überlegte, ob sie an der Hafenpromenade des kleinen Fischerdorfes vielleicht ein wenig shoppen gehen könnte. Furchtbar gerne hätte sie eine Muschelkette oder gar ein Armband aus filigranem Silber mit eingelegten Korallen gehabt. Irgendetwas Besonderes wollte sie mit ihrem ersten selbstverdienten Geld kaufen. Achthundert Schilling waren es immerhin, die jetzt im Apartment unter der Matratze ihres Bettes versteckt lagen.

Einen Monat lang hatte sie dafür bei ihrem Onkel auf dem Hof hart gearbeitet. Er hatte sie gelobt und gesagt, für ein vierzehnjähriges Stadtmädel könne sie ziemlich gut zupacken. Über dieses Lob war sie sehr stolz gewesen.

Isabella genoss die Erinnerung und räkelte sich träge auf ihrem Badetuch. Das Shoppen würde sie doch auf den Abend verlegen, denn es war eindeutig viel zu heiß.

Ein Fischerboot, das dem Strand zusteuerte, lenkte ihre Gedanken ab. Ihm entstiegen einige junge Männer, die sich lautstark miteinander auf Kroatisch unterhielten. Schade, dachte Isabella, dass ich diese Sprache überhaupt nicht verstehe. Ihr fielen die jungen Matrosen ein, die sie gestern am Hafen gesehen hatte. Süße Typen mit muskulösen Körpern unter abgetragenen T-Shirts und dem Geruch nach verwegenen Abenteuern.

Neben dem Haus erstreckte sich ein Gebüsch von duftendem Rosmarin, das von dichten Spinnennetzen durchzogen war. Isabella wollte die unvorsichtige Heuschrecke, die sich in einem der Netze verfangen hatte, befreien. Da aber schoss eine riesige Kreuzspinne, man konnte die typische weiße Zeichnung auf dem kugeligen Körper gut sehen, aus dem Dunkel der Hecke hervor. Sie biss in ihr zappelndes Opfer und umwickelte es mit einem klebrigen Faden, bis es wie ein Kokon herabhing. Isabella hielt vor Schreck den Atem an.

„Spiderwoman ist sehr, sehr giftig!"

Isabella drehte sich um und blickte in ein Paar meergrüne Augen.

„Die schreckliche Spinne!" Isabella war noch immer geschockt von dem Drama aus der Insektenwelt, dessen Zuschauer sie eben gewesen war.

„Hat sie dich gebissen?"

„Gott sei Dank nicht." Sie wandte den Blick von dem Heuschrecken-Kokon auf den jungen Mann, der vor ihr stand und sie neugierig musterte.

„Wer bist du?", wollte sie wissen.

„Antonio. Meinen Eltern gehören all die Apartments hier. Hab` ich dich schon gesehen, als ihr gekommen seid!"

Und schon war der Sohn des Hauses so dicht neben ihr, dass sie seinen Atem auf der Wange spürte.

Sonnengebleichte Haare, die sie kitzelten, ein markantes Gesicht, ein sinnlicher Mund, und diese unglaublich meergrün glitzernden Augen.

Wie selbstverständlich nahm er ihre Hand. „Du bist eine schöne Mädchen."

Isabella wurde rot und suchte verzweifelt nach einem neutralen Gesprächsthema. „Du sprichst super Deutsch", sagte sie schließlich.

„In der Schule ich habe es gelernt. Im Ort spricht jeder Deutsch. Wegen Touristen von Österreich und Deutschland. Wie heißt du?"

„Isabella", flüsterte sie.

„Isabella", wiederholte Antonio und dehnte das E in ihrem Namen mit diesem angenehmen Akzent.

Antonio umschlich sie in den nächsten Tagen wie ein Kater auf Beutezug. Auf einem Felsen liegend präsentierte sich Isabella in ihrem rotweiß gestreiften Baumwollbikini, ganz im Wissen darüber, dass sie beobachtet wurde.

Überraschend legte Antonio sich neben sie auf das weiche Badetuch und nahm ihre Hand. Er tat sie auf seinen Bauch, den sie nun schüchtern streichelte. Darunter spürte sie seine harten Muskeln.

Antonio brachte ihr Worte auf Kroatisch und Italienisch bei: „Zovem se Antonio, Me chiamo Antonio. Volim te, te amo - ich liebe dich."

„Sprichst du immer in zwei Sprachen?"

„Ist typisch für uns Küstenbewohner, wir sind eigentlich von der Kultur her mehr Italiener als Kroaten."

„Daher also dein italienisch klingender Name."

„Kann sein", nickte er zerstreut, sah sie dann an. „Hast du eigentlich einen Freund?"

Isabella schüttelte den Kopf. Es war die Wahrheit.

Außer Johannes, einem Bubi mit Strickjacke und Pickelgesicht, hatte sie zu ihrem großem Verdruss noch nicht mal einen Verehrer gehabt.

„Und du hast auch noch nie ein junge Mann geküsst?", Antonios Katzenaugen glitzerten im Sonnenlicht.

Das „Nein", dass ihr schnell über die Lippen kam, war eigentlich eine Lüge. Aber konnte man die Schmuserei vom Flaschendrehen auf der Schikurswoche als Kuss rechnen? Immerhin hatte sie da erotische Kurzerfahrungen sammeln können, aber der Geschmack von Alkohol und Zahnpasta hatte keine Gefühle aufkommen lassen. Auch nicht dann, als Renee, auf den sie heimlich stand, ihr einen flüchtigen Schmatz auf die Lippen drückte, nachdem die Flasche, die er herumkreisen hatte lassen, schließlich auf sie gezeigt hatte. Sie hatte nämlich den Widerwillen in seinen Augen gesehen.

„Noch nie!", Antonio lächelte und seine Mundwinkel bogen sich sanft nach oben. „Dann es wird Zeit!"

Ihr Herz begann so laut zu klopfen, dass sie dachte, es müsste zu hören sein. Ohne richtig zu wissen, was sie tat, strich sie auf einmal mit dem Zeigefinger über seine Lippen. „Volim te, Antonio."

Lächelnd fing er sie am Handgelenk ab.

„Nicht so schnell, meine Kleine!" Doch dann beugte er sich zu ihr hinunter und sie spürte den Flaum seiner Oberlippe ...

In genau diesem Moment hörte Isabella Schritte. Sie schrak hoch, und erkannte ihre Tante. Antonio sprang ebenfalls hastig auf, faselte etwas vom Mittagessen, zu dem er schon zu spät sei, und verschwand mit geschmeidigen Sprüngen über die Felsen.

„Hübscher Junge" meinte die Tante, die Antonio neugierig nachblickte. Gemeinsam beobachteten sie, wie er sich oben auf der Straße kurz umdrehte, um zu winken.

Die Tante sah schmunzelnd zu Isabella. „Du hast es ihm wohl angetan, hm?"

Nach einem reichhaltigen Abendessen mit Cevapcici und Pommes lag Isabella pappsatt im Bett und wälzte sich unruhig hin und her.

„Kannst du nicht endlich Ruhe geben?" quengelte ihre Cousine Bea.

Sie versuchte es ja. Aber es war so schwül! Und vor allem dachte sie an Antonios Lippen, Hände und Haare und an seine raue Stimme.

Da klopfte es auf einmal leise ans Fenster. Ihr stockte der Atem, als sie ihn erblickte. „Hey Isabella, kommst du mit mich mit?"

Er brauchte nicht zweimal zu fragen. Hastig tastete sie in der Dunkelheit nach ihrem Trägerkleid.

„Du kannst nicht einfach durchs Fenster steigen", maulte Bea. Ich sag's der Mama!"

„Bitte nicht! Es dauert ja nicht lange und ich bin gleich wieder da."

„Du musst dann aber morgen mit mir ganz lange Ball spielen!"

Das war glatte Erpressung.

„Ich versprech's dir!", seufzte Isabella ergeben.

Als Antonio sie vom Fenstersims herunterhob, rutschten seine Hände wie zufällig unter ihr Kleid. Isabellas Herz begann wild zu klopften. Das war alles so aufregend!

Er sah an ihr herab und musterte sie dann mit hochgezogenen Brauen. „Ohne Schuhe?"

„Ich geh' gern barfuß."

Er lachte. In der Nacht sah er irgendwie anders aus, fand sie. Älter und verwegener. Wie die Matrosen am Hafen.

Mutig geworden fasste sie nach seiner Hand und fühlte sich wie an eine Starkstrombatterie angeschlossen.

Sie gingen zum Meer.

Felsen, Kiesstrand, ein zur Seite gekipptes Boot, das an einer Mauer lehnte. Von Ferne her tönte Lachen, laute Stimmen und der Hit ‚Self Control' von Laura Branigan aus einer Kneipe.

Isabella saß auf Antonios Schoß, bohrte ihre Finger in seine löchrige Jeans und schaute in den Nachthimmel. Eine Sternschnuppe sauste über das Firmament.

„Wünsch dir was, Antonio!"

„Ich..."

Sie legte rasch eine Hand auf seinen Mund. „Du darfst es nicht laut sagen, sonst wird es nichts!"

Er nahm ihren Finger und saugte daran. „Zwiebel, Knoblauch, Grillfleisch, danach schmeckst du, Kleine. Und jetzt mein Wunsch ohne Worte."

Herausfordernd drehte er ihr Gesicht zu seinem, nahm eine ihrer blonden Haarflechten und hielt sie fast andächtig an seine Wange. „Alles an dir ist so weich", stieß er hervor.

Sie schloss die Augen.

Seine Lippen waren spröde und schmeckten salzig. Mit der Zunge erkundete er ihren Mund.

Sie reagierte sofort und öffnete sich hingebungsvoll, wie eine Meermuschel. Der Kuss strömte wie ungewohnt starker Wein durch ihren Mädchenkörper.

Sie schmolz in seinem Armen, wurde weich und willenlos, sank mit ihm in den Sand.

„Das also war dein erster Kuss", murmelte er, nachdem er sich von ihr gelöst hatte. „Hm."

Isabella spürte seinen Körper schwer auf ihrem. Antonios schwielige Hand wanderte zielstrebig von ihrer Brust weiter nach unten und ertastete die Feuchtigkeit zwischen ihren Beinen.

„Ich will dich, Isabella!"

Sie hörte ihn keuchen, spürte, wie seine Erregung anschwoll und sich ihre Schenkel wie von selbst öffneten.

I lose my self control, dachte sie.

Sie wollte Antonio, unbedingt. Aber ein kleines Restchen von ihrem armseligen Gehirn sagte ihr, dass es für ein vierzehnjähriges Mädchen ziemlich übel enden konnte, wenn es Sex am Strand mit einem fast unbekannten Jungen hatte.

Schließlich konnte man schwanger werden.

Zum Teufel damit, dachte Isabella. Egal!

„Nein, gar nicht egal", sagte das Restchen.

Isabella setzte sich mit einem Ruck auf. „Ich kann das noch nicht. Du musst warten!"

„Was? Jetzt, wo es so schön ist?" Antonio drückte sie sanft in den Sand zurück.

Sie hatte das Gefühl, dass ihr Zögern ein schrecklicher Fehler war. Aber es musste nun einmal sein.

„Antonio, ich will es jetzt noch nicht. Es ist zu früh für mich. Verstehst du?"

„Klar, ich kann warten. Aber wie lange du bleibst noch hier?", knurrte er unwillig

„Eine Woche." Eine verdammt kurze Woche, in die eine ganze Beziehung untergebracht werden musste!

Er presste die Lippen fest zusammen. „Geh'n wir."

Er half ihr nicht aufzustehen, als sie sich mühsam vom Strand erhob, während sie ihr hochgerutschtes Kleid herunterzog.

Der romantische Teil des Abends schien vorüber zu sein. Jetzt würde Antonio sie sicher wie ein Kleinkind zu Hause absetzen.

Doch er fragte: „Ich hab' noch zu tun. Willst du mit?"

Selig lächelnd schmiegte sie sich an ihn. „Klar, wohin?"

„Wirst du schon seh'n."

Sie gelangten bald zu den vollen Parkplätzen am Rande des Dorfes und schlichen zwischen den Reihen der Autos hindurch. Antonio rüttelte bei allen Autos, die ein ausländisches Kennzeichen trugen, an den Tankdeckeln.

„Was tust du da?", fragte sie irritiert.

„Na, ich nehme Deckel, wenn sie nicht ganz festsitzen."

„Wozu?"

„Dazu, Kleine. Ich montiere lockere Deckel ab und bringe ihn zu einziger Tankstelle, die hier im Ort gibt. Da arbeitet mein Freund. Der Besitzer von Auto muss also zu uns kommen, tun wir für ihn was wir können - und was ist dann plötzlich da? Tankdeckel! „

Sie sah überrascht zu ihm hoch, denn er überragte sie um mindestens einen Kopf. Was machte Antonio für verbotene Sachen? Wieso erzählte er ihr das so stolz, als sei es eine Heldentat? Obwohl Isabella wusste, dass es nicht recht war, fand sie ihn doch ziemlich verwegen, so als wäre er eine Art Pirat und sie seine Komplizin.

„Dann bist du aber ein Dieb!“, stellte sie fest.

„Na und wenn! Da zahlt eine reiche Tourist was und kriegt dafür Tankdeckel wieder zurück. Ist seit Jahren gut funktionierende Sache. Hilfst du mir jetzt oder nicht?“

Und so suchten sie den Rest der Nacht Tankdeckel.

Leider fanden sie keinen einzigen. Als sie im Morgengrauen durchs Fenster wieder zurück in ihr Zimmer stieg, hatte Isabella Blasen an den Füßen und war todmüde. Sie schlief bis Mittag.

Mit Bangen erwartete sie die nächste Nacht. Wie lange könnte sie sich noch zurückhalten? Sie ahnte, dass sie es nicht schaffen würde. Sie wollte Antonio über alles.

I want to lose my self control!

In dieser Nacht würde es passieren.

Aber nichts geschah, denn niemand klopfte an ihr Fenster, so sehr sie es auch anstarrte.

Antonio blieb auch am Tag darauf sowie an den restlichen Tagen wie vom Erdboden verschluckt.

Sie traf nur seine Schwester, die sie sie anlächelte und fragte: „Liebst du meinen Bruder?“

„Ich weiß nicht, ich glaube nicht", gab sie zur Antwort. Mehr brachte sie nicht heraus, denn sie war sich überhaupt nicht mehr darüber bewusst, was sie fühlte.

Sandrina schien enttäuscht zu sein.

Isabella biss sich auf die Lippen. War es die falsche Antwort gewesen? Aber hatte Sandrina nicht die Qual und den rasenden Schmerz der Enttäuschung in ihren Augen gesehen? Dass sie wieder die ganze Nacht geweint hatte? Dass sie ganz anders empfand und nur verwirrt war?

Sie suchte nun immer Sandrinas Nähe und befreundete sich mit Antonios Schwester, die ein paar Jahre älter als sie war und in der Tourismusschule, die sie besuchte, wirklich perfekt Deutsch gelernt hatte.

In der letzten Nacht vor der Abfahrt trommelte Antonio doch wieder ganz leise ans Fenster und sie schlichen zum Strand. Diesmal wollte Isabella sich ihm ganz hingeben, küsste und umarmte ihn, aber er reagierte kühl.

„Du bist wirklich noch zu jung", sagte er und schob sie energisch von sich weg. „Anderes Jahr vielleicht, wenn du wiederkommst."

Sie versuchte noch einmal, ihn zu küssen und zu berühren, aber er wirkte zerstreut. „Erzählst du keine Seele von Tankdeckelgeschichte, sonst ist sehr dumm für mich", sagte er, als er sie zum Haus zurückbrachte.

Das war also der wahre Grund gewesen, weswegen er sie noch einmal hatte sehen wollen, dachte Isabella ernüchtert.

Aber sie versprach es ihm.

Am nächsten Tag war Abreise und sie verabschiedete sich von Antonio.

Sie war so schrecklich traurig, als sie in seinem Zimmer auf seinem Schoß sitzen durfte und ihn umklammerte. Ihr Magen fühlte sich wie ein Klumpen an und ihrem Hals saß ein dicker Kloß.

Sie versuchte mühsam die Tränen zurück zu halten. Nur nicht weinen, dachte sie. Alles, bloß nicht weinen!

Sie schrak zurück, als sie in seine Augen sah. Da war keine Spur von Meergrün. Sie hatten die düstere Farbe von Schlechtwetterwolken. Spürte er vielleicht den gleichen Abschiedsschmerz wie sie und wollte es nur nicht sagen?

„Magst du mir deine Adresse aufschreiben?", fragte sie.

„Klar."

Schnell kritzelte er etwas mit Bleistift auf ein zerknittertes Blatt Papier. Nach ihrer Adresse fragte er nicht.

Egal. Nun würde sie ihm all die Worte schreiben können, die sie sich nicht zu sagen getraut hatte. Ja, und im nächsten Sommer war sie bereits fünfzehn und könnte vielleicht allein hierherkommen.

Wenn es sein musste, würde sie heimlich von Zuhause weglaufen. Schließlich konnte man mit 800 Schillingen mindestens ein Hin- und Rückfahrticket nach Kroatien bezahlen! Wie gut, dass sie das Geld nicht ausgegeben hatte!

„Ich will dir noch was zeigen."

Antonio erhob sich lächelnd und holte ein Päckchen aus seinem Kasten. „Schau." Er hielt es ihr hin.

Es waren Postkarten.

„Alle von Mädchen, die ich hier in Urlaub geliebt habe."

Der Stapel umfasste sicher an die hundert Stück. Antonio nahm die erste Karte vom Stapel und begann mit hoher Stimme vorzulesen: „Lieber Antonio, wie schön waren die Tage, die ich mit dir verbringen durfte ..."

Weiter kam er nicht, denn Isabella schlug ihm die Karte aus der Hand. „Lass das du Trottel!" Ihr Herz krampfte sich schmerzhaft zusammen.

Antonio redete unbarmherzig weiter. „Susanna war aus Berlin, sie kam drei Sommer. Eine schöne Mädchen. Michaela von Wien war zwei Sommer, konnte super küssen. Dazwischen kam Frieda aus – hab' vergessen wo - und Siglinde aus Aachen. Einmal ist gekommen eine Claire aus Paris, mit sie hab' ich französisch gelernt." Er lachte dreckig. „Nicht die Sprache, wenn du das denkst".

Antonio streute sämtliche Postkarten auf seinem Bett aus und sah Isabella höhnisch an.

Wie erniedrigte sie sein spöttischer Blick. Seine Augen waren nun froschgrün.

Sie stürzte zur Tür. „Ciao, Antonio, mach's gut", presste sie noch hervor.

„Ciao, Kleine, mach's auch gut. War schön mit dir!

Schreib mir doch, wenn du Zeit hast. Ich werde mich freuen!"

Als hätte ihr jemand auf den Kopf geschlagen, wankte sie die Treppe hinunter. Dort wartete schon Sandrina, die sie ahnungsvoll ansah und in die Küche führte, wo sie allein waren.

„Sei meinem Bruder nicht böse!", bat sie. „Ich glaube er hat sich verliebt in dich und ist wütend, dass du wegfährst. Weißt du, sie fahren immer weg und er kann nichts tun.

74

Manche kommen wieder, ein paar Sommer lang. Die ganzen schönen, blonden Mädchen, auf die Antonio so steht. Er schläft mit ihnen, sie vergnügen sich. Dann, nach ein paar Postkarten, vergessen sie ihn. Und er hat auch gelernt, zu vergessen."

Isabella umarmte Sandrina und flüsterte: „Danke, dass du mir das erzählt hast!"

„Ich hätte dich sehr gerne als Schwester gehabt", sagte Sandrina.

Da war es mit Isabellas Selbstbeherrschung endgültig vorbei. In Tränen aufgelöst und mit gesenktem Kopf lief sie zum Auto, wo ihre Familie schon auf sie wartete.

Als der Wagen anfuhr, drehte Isabella sich noch einmal um und sah zurück. Antonio stand am Fenster und hob die Hand ganz langsam zu einem Abschiedsgruß.

War es Bedauern, das sie in seinem Blick las? War es Resignation oder Einsamkeit? Sie hatte keine Ahnung. Aber sie schwor sich: Er bekommt von mir sicher keine Postkarte. Keine einzige Zeile!

Später, als sie schon die Grenze nach Österreich passiert hatten, fiel es ihr auf einmal siedend heiß ein: Sie hatte die achthundert Schilling vergessen, die sie unter ihrem Kopfpolster so sorgsam versteckt hatte.

ENDE

Der italienische Traum

von Marten Petersen

Der Winter neigte sich dem Ende zu, aber der ersehnte Frühling ließ noch auf sich warten. Unsere Liebe war jung, und nach durchkämpfter Nacht nutzten wir die Ruhephase, um uns von unseren unerfüllten Träumen zu erzählen.

Beide hatten wir so einige Wünsche offen in unserem Leben. Draußen tobte ein Schneesturm, der uns das ganze Wochenende im Bett hielt.

„Hoffentlich wird es bald Frühling, ich sehne mich danach." Meine Freundin seufzte.

„Frühling ist, wenn ich beim Autofahren die Fenster öffne, damit die frische Frühlingsluft hinein kommt."

Meine Liebste schaute mich etwas verständnislos an.

„Und dann", fuhr ich fort, „habe ich den Wunsch, einfach weiterzufahren. Nach Süden, der Sonne entgegen. Bis über die Alpen und dann nach Italien."

„Nach Italien? Was willst du dort?"

„Eigentlich gar nichts. Irgendwo in einer Kleinstadt anhalten und in einem Café einen Cappuccino trinken. Und ein Eis essen! In der Toskana vielleicht. Und am gleichen Tag wieder zurück."

„Das ist dein Frühlingstraum? Dann mach es doch einfach."

„Vielleicht, aber es ist auch schön, wenn man Träume hat, die man nie verwirklicht."

Meine Liebste lachte.

„Irgendwann machst du das."

Das war nun fast fünfundzwanzig Jahre her. Wir liebten uns immer noch. Aber meinen Traum hatte ich mir bislang nicht erfüllt. Das Bett war zerwühlt, die Frühlingssonne lächelte durch den leichten Gardinenstoff.

In der Küche hörte ich meine Frau werkeln. Aus dem Radio ertönte der *Frühlingsstimmenwalzer* von Strauß.

Ich ging hinunter und küsste ihren Nacken, am Haaransatz. „Guten Morgen, Liebste!"

„Guten Morgen, Liebster. Heute ist es so weit." Ihre Augen strahlten.

Ich blickte sie stirnrunzelnd an. „Was meinst du?"

„Mein Geschenk zu unserem fünfundzwanzigsten Kennenlerntag. Schau auf den Hof. Das Auto steht parat. Ich habe dir eine Tasche gepackt mit Wäsche und Sommerkleidung. Und hier ist ein wenig Verpflegung."

Sie reichte mir einen Picknickkorb. „Ich wünsche dir eine schöne Fahrt. Grüße an Bella Italia. Und in ein paar Tagen erwarte ich dich. Erfülle dir deinen Traum!"

Meine Frau ließ sich nicht von ihrem Plan abbringen, sie wollte auch nicht mitkommen. So stieg ich nach langem Zögern und erfolgloser Diskussion in den Wagen, meine Reisetasche über der Schulter, eine leichte Jacke über dem Arm.

Mein Italien - mein Traum! Ich komme!

Auf dem Marktplatz von Siena fand ich ein kleines Café. Das Auto hatte ich in einer Seitenstraße geparkt. Die Kellnerin stellte mir den Cappuccino hin und schenkte mir ein strahlendes Lächeln. Aus einem Lautsprecher klang der unverwüstliche Adriano Celentano. *Azzurro*, natürlich.

Ich lehnte mich entspannt zurück. Mit allen Sinnen nahm ich meinen Traum auf, sah die alten Häuser, hörte die fremden Sprachfetzen, roch die mediterranen Gewürze und Kräuter, schmeckte den echten Cappuccino, spürte die wärmende Sonne auf meiner winterweißen Haut.

Das Knattern einer Vespa schreckte mich aus meinen Träumen. Eine junge Schönheit mit langen schwarzen Haaren fuhr dicht an meinem Tisch vorbei. Sie schenkte mir ein Lächeln und winkte mir zu. Ich hob die Hand und winkte zurück. Sie bremste ...

Mit strahlendem Lächeln kam sie auf mich zu. Ihr Kleid schwang bei jedem Schritt hin und her. Ihren Duft nahm ich wahr, bevor sie meinen Tisch erreichte. Die Unbekannte setzte sich zu mir.

„Chiara", sagte sie und streckte mir ihre Hand entgegen.

Ihre Stimme verzauberte mich. Sie versprach Liebe und Aufregung zugleich.

„Martin", entgegnete ich. Die Berührung ihrer Hand ließ mich wie elektrisiert zusammenzucken.

Unwillkürlich musste ich an Schmetterlinge glauben.

Meine Frau freute sich, als ich mich am Abend telefonisch meldete. Ich hörte ihre Freude darüber, dass sie mir meinen Traum erfüllt hatte, aber auch eine leichte Wehmut schwang mit. Oder war es Zweifel?

„Morgen, Liebste, morgen fahre ich wieder."

Eine Woche später saß ich wieder in dem Café, an jenem Tisch, der mittlerweile mein Stammplatz geworden war.

Ich spürte einen bitteren Geschmack auf der Zunge, als ich die Klebestreifen des Briefumschlags befeuchtete und ihn zuklebte. Dann holte ich meinen Füller hervor und adressierte den Brief an meine Frau.

Es war mir nicht leichtgefallen, ihr meine Entscheidung mitzuteilen. Ich hatte lange um die perfekte Formulierung gerungen. Gab es dafür eigentlich richtige Worte?

Doch meine Entscheidung war unumstößlich - egal in welches Wortgewand sie gekleidet war.

Meine Frau würde mich verstehen. Sie war ja so verständnisvoll!

„Soll ich ihn in den Kasten stecken?" Chiara lächelte mich an und nahm den Brief entgegen.

ENDE

Auf der Durchreise

von Beate Weirich

Britta steht neben ihrer Mutter in der Scheune. Sie würde am liebsten heulen oder schreien, aber sie tut weder das eine noch das andere. Wenn ihre Mutter in der Nähe ist, muss sie stark sein.

Ihre Klassenkameradinnen sind jetzt in Urlaub, in den Bergen, am Mittelmeer, in Frankreich oder in England.

Ihre beste Freundin Sarah ist dieses Jahr sogar nach San Francisco gefahren. Jeden Tag schickt sie neue Selfies in die Klassengruppe. Sarah vor der Golden Gate Bridge, in Chinatown, am Pier 39. Und gestern hat sie ihr von dem süßen Jungen vorgeschwärmt, den sie im Hotel kennengelernt hat.

Britta war schon seit zwei Jahren nicht mehr im Urlaub. Wer soll denn auch ihre Pferde versorgen, wenn sie weg ist? Und im Sommer kann sie erst recht nicht weg, im Sommer ist Heuernte. Früher hat Britta gedacht, dass es einfach nur toll wäre, die Pferde in Eigenregie zu halten.

Inzwischen weiß sie, dass es vor allem anstrengend ist. Und frustrierend.

Das Heu, das ihnen die Bauern verkaufen, ist teuer und schlecht. Der alte Willi hat deswegen den ganzen Winter gehustet. Im Frühjahr haben Brittas Eltern eine Wiese gepachtet, auf der sie selbst Heu machen wollen. Jetzt ist der Juli fast vorbei, und das Heu steht immer noch auf der Wiese. Noch sind die Stängel grün, aber die Heublüten sind schon verwelkt. Eigentlich hätte es vor zwei Wochen geerntet werden müssen.

„Das Heu mach ich euch", hatte Bauer Mettmann gesagt, als Brittas Vater den Pachtvertrag für die Wiese unterschrieb. „Ist ja keine große Sache."

Anfang Juni musste er natürlich zuerst sein eigenes Heu machen. Dann hatte es drei Wochen lang geregnet und der Boden war zu nass. Inzwischen ist der Boden trocken, und Bauer Mettmann muss sein Getreide ernten.

„Für Samstagabend haben sie schon wieder Regen vorhergesagt, dann liegt alles flach, und unsere Pferde haben gar kein Heu." Britta kämpft mit den Tränen, aber sie darf nicht weinen. Schließlich will sie ihre Mutter nicht aufregen. Streit oder Tränen ziehen die Mutter immer runter.

„Irgendwie wird es gehen", versucht die sie zu trösten.

„Wenn alle Stricke reißen, kaufen wir Herrn Mettmann halt noch mal zehn oder zwölf Ballen ab."

„Alles klar", faucht Britta. „Wir zahlen ihm die Pacht für seine verdammte Wiese, wir kaufen Kalk, Hornmehl und Bio-Saatgut, wir bezahlen ihn dafür, dass er die Wiese mulcht, düngt und nachsät. Und dann sollen wir ihm auch noch Heu abkaufen, das er mit Gülle düngt und so kurz mäht, dass der halbe Acker mit drin hängt."

Jetzt hat sie ihre Mutter doch aufgeregt.

„Ach Britta", sagt die mit ihrer schrecklich dünnen, tonlosen Stimme. „Es wäre schon ein Wunder, wenn es mit unserer ersten eigenen Heuernte dieses Jahr noch klappen würde. Nächstes Jahr vielleicht ..." Mit hängenden Schultern geht sie zurück ins Haus.

Es wäre ein Wunder, wenn hier überhaupt mal was klappen würde. Britta schnappt sich die Halfter, um die Pferde von der Koppel zu holen.

Sie geht allein, obwohl Willi ihrer Mutter gehört. Aber die meint, dass Britta sich zu viel Arbeit mit den Tieren macht.

Früher waren Pferde auch den ganzen Sommer draußen. Britta holt sie trotzdem jeden Abend rein und bringt sie am Morgen wieder raus. Sie schläft ruhiger, wenn sie über Nacht im Stall sind.

„Pferdehaltung macht halt Arbeit", murmelt sie, während sie die Tür zur Sattelkammer hinter sich ins Schloss zieht. „Aber das müsstest du eigentlich noch von früher wissen, Mama."

Mit gesenktem Kopf und hoch gezogenen Schultern stapft Britta über den Hof, an der Remise und am Eingang des alten Bauernhauses vorbei. Aus den Augenwinkeln sieht sie, dass ihre Mutter in der offenen Haustür steht. Britta muss sie nicht anschauen, um zu wissen, dass sie wieder einmal auf den Hof hinaus starrt, als würde sie auf jemanden warten. Aber es kommt keiner. Ihre Freunde kamen schon nicht mehr, als sie noch in der Stadt wohnten, und auf einem alten Bauernhof am Rand eines gottverlassenen Dorfes lässt sich erst recht niemand blicken.

Britta reißt das Hoftor auf und schreckt zurück. „Hopp-la!"

Fast wäre sie in den jungen Mann gerannt, der gerade die Hand nach der Türklinke ausstreckt.

Sie funkelt den Fremden an. „Wollen Sie zu uns?"

„Bist du die junge Frau mit den Pferden?" Er strahlt sie aus himmelblauen Augen an.

„Ist was passiert?" Plötzlich bekommt sie es mit der Angst zu tun. „Sind sie ausgebrochen? Oder ..."

„Nein, nein. Mit den Pferden ist alles in Ordnung."

Beschwichtigend hebt er die Hand. Er hat schöne, feingliedrige Hände.

„Ihr habt die Wiese vom alten Mettmann gepachtet, nicht wahr?"

Britta nickt.

„Und jetzt kommt er nicht dazu, das Heu zu machen."

Sie nickt wieder, dabei fällt eine Haarsträhne aus ihrer Spange. Britta schüttelt sie aus dem Gesicht und steckt sie fest. Unwillkürlich fragt sie sich, wie es wäre, wenn dieser Fremde die widerspenstige Strähne behutsam aus ihrer Stirn streichen würde.

„Wenn du willst, mach ich es."

Verblüfft starrt sie ihn an. „Echt jetzt?"

„Echt jetzt."

„Du willst unser Heu machen?"

„Aber nur, wenn es dir recht ist." Er schaut sie auf eine Art an, die nicht nur ihren Zorn auf Herrn Mettmann schmelzen lässt wie einen Schoko-Osterhasen in der Sommersonne, sondern auch ihre Knie. „Dich schickt der Himmel."

Mein Gott klingt das kitschig, denkt Britta.

„Meine Geräte sind schon ziemlich alt, ich hoffe, das ist okay."

„Mir ist es völlig egal, wie alt die Geräte sind. Hauptsache, das Heu kommt trocken rein."

„Mit den alten Dingern ist es halt mehr Arbeit."

„Keine Sorge, ich kann helfen. Ich bin es gewohnt, kräftig mit anzupacken."

„Ich weiß", entgegnet der junge Mann. „Aber wir werden das auch zu zweit nicht schaffen. Gibt es noch jemanden, der uns hilft?"

„Vielleicht meine Mutter..." Britta zieht die Schultern hoch und fühlt sich plötzlich schrecklich allein.

Früher hat Ihre Mutter überall mit angepackt. Sie war bei sämtlichen Umzügen, bei allen Kindergarten-, Schul- und Stallfesten mit von der Partie, brachte Würstchen und Nudelsalat mit, war eine der ersten, die kamen, und ging erst wieder, wenn die ganze Arbeit getan war.

Aber dann ist sie plötzlich krank geworden, und jetzt packt sie gar nichts mehr an. Sie ist nur noch traurig oder müde und wartet auf etwas, das sowieso nicht kommt.

„Wenn du sie darum bittest, wird sie helfen", sagt der junge Mann, und Britta würde es so gerne glauben.

„Und mein Vater ..." Sie schüttelt den Kopf.

Er ist mit ihnen hier heraus gezogen, weil er gehofft hat, dass es seiner Frau und ihm gut tun würde, mehr mit den Händen und weniger mit dem Kopf zu arbeiten. Aber er hat schnell herausgefunden, dass ihm die Arbeit mit den Händen keinen Spaß macht. Jetzt schimpft er nur noch über die langen Anfahrtswege und das langsame Internet, die seine Arbeit noch beschwerlicher machen.

Wenn du ihm erklärst, worum es geht, wird er auch helfen." Der junge Mann scheint von dem, was er sagt, felsenfest überzeugt zu sein, und Britta stellt erstaunt fest, dass sie es ihm glaubt.

Er lächelt ihr noch einmal zu und hebt dabei die Hand zum Gruß. „Ich komme morgen früh zum Mähen."

Als Britta am nächsten Morgen von der Weide zurück kommt, ist der junge Mann schon unten auf der Heuwiese. Er ist mit einem Traktor vorgefahren, der so aussieht, als sollte er längst im Museum stehen. Der Mähbalken ist keine zwei Meter breit und die Heuwiese ist groß. Er wird oft hin- und herfahren müssen, denkt Britta.

Sie sieht ihm vom Feldrand aus zu.

Dieser Fremde fasziniert sie. Der Fahrtwind zerzaust seine blonden Locken, und sie stellt sich vor, wie sie ihre Hände darin vergräbt, wie ihn ganz nah zu sich heran zieht, wie sie ihn küsst. Seine Lippen sind weich, seine Küsse schmecken salzig, seine Haut riecht nach frisch geschnittenem Gras und staubtrockener Erde. Sie stellt sich vor, wie es wohl wäre, wenn er sie im Schatten seines alten Traktors in die Arme nehmen und sich mit ihr in das frisch gemähte Heu fallen lassen würde.

Sie erwacht erst aus ihren Träumen, als der Traktor knatternd neben ihr anhält.

„Heute Abend komme ich zum Schwaden", ruft er gegen den Lärm an, „morgen früh wende ich das Heu noch mal, und morgen Nachmittag wird gepresst."

„Alles klar!"

Britta reckt ihren Daumen in die Höhe, lächelt und schaut ihm dabei tief in die blauen Augen. Einen Moment hat sie das Gefühl, als könne sie durch diese Augen bis in den Himmel blicken. Was für ein Glück, dass er ihre Gedanken nicht lesen kann.

In der Nacht weht ein warmer Sommerwind über die Felder und um die Häuser. Er trocknet das Heu, aber nicht den Schweiß zwischen Brittas nackten Brüsten.

Die halbe Nacht liegt sie wach und träumt davon, dass sie den fremden jungen Mann riechen und schmecken kann. Und fühlen kann sie ihn auch. Ganz tief in ihrem Schoß fühlt sie ihn.

Obwohl sie in der Nacht kaum geschlafen hat, ist Britta in aller Herrgottsfrühe hellwach und guter Dinge.

„He, ho, spann den Wagen an", singt sie so laut, dass es durchs ganze Haus tönt, „denn der Wind treibt Regen übers Land."

Tatsächlich sitzen auf dem Geißberg, der das Dorf überragt, kleine grauweiße Wolken. Sie sehen harmlos aus, aber Wolken über dem Geißberg bringen meistens Regen.

„Unser Heu ist trocken. Unser Heu ist trocken", singt Britta. Dann streckt sie den Wolken die Zunge heraus und bringt die Pferde auf die Weide.

Als sie zurückkommt, ist der junge Mann schon unten auf der Wiese. Er hat das Heu noch einmal gewendet und zerreibt jetzt ein paar Halme zwischen seinen schlanken Fingern. „In zwei Stunden fahr ich noch mal mit dem Schwader durch, dann können wir pressen."

„Okay, ich sag meinen Eltern Bescheid."

Diesmal weicht sie seinem Blick sicherheitshalber aus. Vielleicht kann er ja doch Gedanken lesen.

Der Traktor mit dem Anhänger holpert an ihrem Haus vorbei und hinunter zur Wiese, als Brittas Mutter schnell noch eine halbe Fleischwurst und Essiggurken klein schnippelt.

„Ich mach uns für heute Abend einen Nudelsalat."

„Dein Ernst?" Britta starrt sie fassungslos an. Ihre Mutter hat schon seit Jahren keinen Nudelsalat mehr gemacht.

„Die Würstchen habe ich schon aus dem Gefrierfach geholt, Wasser, Limo und Bier ist auch im Kühlschrank. Heute Abend werfen wir den Grill an und feiern unser erstes eigenes Heu. Geh schon mal runter und nimm deinen Vater mit. Ich komme gleich nach."

Als der alte Traktor ein zweites Mal über die Straße rappelt, stehen Britta und ihre Eltern am Rand der Wiese.

Britta staunt über das sonderbare Gefährt, das er angehängt hat, und über das Leuchten in den Augen ihrer Mutter.

„Wisst ihr, wie das geht?", fragt der junge Mann.

Britta schüttelt den Kopf. Sie kann sich beim besten Willen nicht vorstellen, wie dieses winzige Traktor-Anhängsel das Heu zu großen, oder vielleicht auch nicht ganz so großen runden Ballen pressen soll, die von einem Traktor aufgespießt und in die Scheune gefahren werden.

Britta hört ihre Mutter lachen. „Oh ja, ich weiß noch genau, wie man auf die alte Weise Heu macht." Sie tut so, als würde sie in ihre Hände spucken. „Mit viel Muskelschmalz."

Der junge Mann nickt ihr augenzwinkernd zu. „Herzlich willkommen in der guten alten Zeit. Und jetzt sollten wir anfangen, bevor uns die Wolken vom Geißberg einen Strich durch die Rechnung machen."

Die Ballenpresse rumpelt über den Acker, stopft sich mit eisernen Gabeln das Heu in den Bauch und hinterlässt eine Spur von kleinen quaderförmigen Heuballen.

„Die müssen wir aufsetzen, bevor er zurückkommt."

Brittas Mutter weiß, was zu tun ist. Unter ihrem Kommando entstehen auf dem leergeräumten Wiesenstreifen alle zwanzig Meter kleine Heuburgen.

Am Anfang findet Britta es lustig, Heuburgen zu bauen, aber bald werden ihre Arme schwer wie Blei, und sie schafft es kaum noch, die Ballen vier Etagen hoch zu stapeln.

Ihrem Vater geht es offenbar nicht anders. Schweiß tropft ihm von der Stirn und hinterlässt helle Streifen in seinem staubgrauen Gesicht.

Der Mutter scheint es keine Mühe zu machen, die Ballen einzusammeln, zu den Burgen zu tragen und sogar noch eine fünfte Etage darauf zu stapeln. Ihr Gesicht ist genauso dreckig, aber kein bisschen traurig. Im Gegenteil. Britta hat sie lange nicht mehr so fröhlich gesehen.

„Macht das nicht mit Kraft", rät sie den anderen beiden Erntehelfern. „Macht es mit Schwung. Lasst die Ballen mitarbeiten."

Leider arbeiten Brittas Ballen überhaupt nicht mit, und als die letzten Heuballen aus der komischen alten Presse fallen, würde sie sich am liebsten daneben fallen lassen.

„Kurze Pause", keucht der Vater. „Ich hol uns was zu trinken."

Zum Glück sind es bis zum Hof nur ein paar hundert Meter.

Der junge Mann koppelt derweil die Presse ab und den Wagen an. Sein Blick wandert über die Heuburgen auf der Wiese. „Da haben wir noch ordentlich was zu tun."

„Müssen wir das wirklich heute noch alles aufladen?", will Brittas Vater wissen.

Mit seiner Schubkarre voller Wasser-, Limo- und Colaflaschen und einer Tüte mit belegten Brötchen sieht er aus wie einer der Verkäufer an den sonnigen Mittelmeerstränden, an denen Brittas Klassenkameradinnen die Sommerferien verbringen.

Der junge Mann deutet hinauf zum Geißberg.

Dort haben sich die Wolken zu einem watteweichen Gebirge mit grauen Rändern aufgetürmt.

„Ich schätze wir haben noch zwei Stunden. Vielleicht auch drei. Willst du fahren?" Er zwinkert dem Vater zu.

Der nickt begeistert.

„Einfach im ersten Gang mit dem Standgas zwischen den Heuhaufen durchlaufen lassen und vor den Kurven abbremsen, damit der Anhänger nicht aus der Spur läuft."

Der Vater strahlt wie ein Christbaum, als er auf den Fahrersitz des alten Traktors klettert.

Der junge Mann holt die zweizinkigen Gabeln vom Anhänger und gibt eine davon Brittas Mutter.

Sie nickt nur. Die beiden scheinen sich wortlos zu verstehen.

„Hast du auch noch eine Gabel für mich?", fragt Britta, und plötzlich fällt ihr auf, dass sie gar nicht weiß, wie der schöne Unbekannte heißt.

90

Der junge Mann schüttelt den Kopf. „Du gehst auf die Rolle, setzen. Sieh zu, dass die ersten beiden Lagen möglichst dicht sitzen, sonst tretet ihr nachher in die Löcher."

Sie entscheidet, dass das nicht der richtige Moment ist, ihn nach seinem Namen zu fragen und tut, was er ihr aufgetragen hat. Sie versucht es wenigstens. Aber es ist nicht leicht, die widerspenstigen Ballen dicht an dicht zu rücken, während von beiden Seiten noch mehr davon auf den Hänger geflogen kommen.

Einer rollt ihr genau vor die Füße und lässt sie stolpern. Der Länge nach fällt sie ins Heu, kämpft mit den Tränen, obwohl sie sich nicht wehgetan hat. Doch als ihr Blick den lachenden Augen des jungen Mannes begegnet, muss sie mitlachen.

Heuernte nach der alten Art ist schrecklich anstrengend, aber irgendwie auch komisch.

Nach der ersten Bahn klettert Brittas Mutter mit auf die Rolle. Jetzt gabelt der junge Mann die Ballen alleine hoch, Britta nimmt sie an, reicht sie ihrer Mutter weiter und die stapelt sie immer höher hinauf. Aus den Wolken über dem Geisberg ertönt ein leises Grummeln, als sie aus den letzten Ballen einen Giebel baut, der die massive Wand darunter zusammen hält. Der junge Mann wirft noch die Spanngurte hinüber und zurrt das Heuhaus fest, dann will er wieder auf den Traktor steigen, aber der Vater schüttelt den Kopf. Er wird ihre Heuernte selbst nach Hause fahren.

„Hol schnell noch die Pferde rein. Da braut sich ordentlich was zusammen."

Die Mutter deutet auf die grauen Wolken mit den schwefelgelben Rändern, die bereits den halben Geißberg verschlungen haben. Ihr Gesicht ist schmutzig, aber die Augen in dem grauen Gesicht leuchten wieder so wie früher.

„Na los, mach schon. Ich werfe inzwischen den Grill an und mache noch den Salat fertig."

Sie legt die beiden Heugabeln zu den leeren Flaschen in die Schubkarre und schlägt den kürzeren Weg durch die Gärten ein.

Britta schaut ihrer Mutter nach. Sie geht mit langen, federnden Schritten, so als ob der Damm gebrochen wäre, der ihre Lebenskraft drei Jahre lang aufgestaut hat.

Als Britta mit den Pferden von der Weide zurückkommt, zerplatzen die ersten Regentropfen auf dem Kopfsteinpflaster der Einfahrt.

Der junge Mann koppelt gerade den Traktor ab. „Den muss ich schnell zurück bringen, bevor es hier richtig losgeht. Den Schwader und die Presse hole ich morgen ab. Die Rolle kann ein paar Tage länger hier stehen bleiben."

„Kommst du gleich wieder?" Brittas Vater tätschelt die Motorhaube des alten Traktors beinahe liebevoll.

Er ist offensichtlich stolz darauf, dass er es geschafft hat, den hoch beladenen Anhänger rückwärts in die Scheune zu manövrieren. „Die Terrasse ist überdacht, und wir müssen doch unser erstes eigenes Heu begießen", fügt er hinzu.

Der junge Mann sagt nichts, aber Britta sieht, dass die Wolken vom Geißberg seine Augen überschatten. Brüsk wendet sie sich ab und zerrt die Pferde hinter sich her in den Stall, bringt sie in ihre Boxen, kontrolliert die Tränken und verteilt noch etwas Futter.

Sie hört jemanden durch die Stallgasse kommen, aber sie dreht sich nicht um. Es sind seine Schritte, die sich der Box des alten Wallachs nähern, und seine bewölkten Augen will sie nicht sehen.

Als sie die Wärme seines Lächelns in ihrem Nacken spürt, fangen ihre Knie an zu zittern. Sie hält sich mit einer Hand an Willis Raufe fest und drückt ihre Stirn gegen den Pferdehals. Sein Fell riecht nach dem Gras, in dem er sich gewälzt hat. Obwohl sie es nicht will, stellt sie sich vor, dass es die Schulter des jungen Mannes ist, die ihr Halt gibt, dass sie nur den Kopf heben muss, damit er sie küssen kann. Wenigstens ein einziges Mal.

„Lieber nicht", sagt er leise, als hätte er gehört, was sie gedacht hat. Seine Stimme klingt rau. „Ich bin nur auf der Durchreise. Das ist mein Job."

Britta strafft ihre Schultern und dreht sich zu ihm um. „Du hast einen prima Job gemacht. Ohne dich hätten wir es nicht geschafft, unser Heu trocken herein zu bringen." Alles andere geht ihn nichts an.

„Das meine ich nicht." Er lächelt.

Jetzt sind seine Augen wieder so blau, dass Britta den Himmel darin sehen kann. „Es ist mein Job, Träume aufzuwecken, bevor sie sterben. Deine Mutter hat davon geträumt, in den Fluss des Lebens zurückzukehren, und dein Vater träumt davon, ein Teil dieses Lebens zu sein. Vermutlich wird er sich in nächster Zeit einen alten Traktor, einen Mähbalken und einen Heuwender kaufen. Die Rolle, den Schwader und die Presse lasse ich einfach stehen."

„Und was ist mit meinen Träumen?" Britta spürt, dass ihre Augen beinahe überlaufen, aber sie will nicht weinen. Trotzig schiebt sie die Unterlippe vor.

„Du wirst dich ein bisschen umsehen müssen. Irgendwann wirst du einen Jungen finden, der wirklich zu dir passt."

„Kannst du mir denn wenigstens noch sagen, wo oder wie ..."

Britta beißt sich auf die Lippen. Das ist so albern! Da kann sie auch gleich ein Jahrmarktsorakel fragen. Sie senkt den Kopf und wartet darauf, dass er sie auslacht. Aber er lacht nicht.

„Wenn du in seinen Augen den Himmel sehen kannst", sagt er, „dann ist es der Richtige."

ENDE

Wineglass Bay

von Herbert Glaser

Schatz, ich möchte mit dir so gerne nochmal zu unserem Lieblingsstrand.

Gabi lässt nicht locker. Unsere Hochzeitsreise nach Tasmanien, der australischen Insel am anderen Ende der Welt, war fantastisch verlaufen.

Unsere Begeisterung war so groß, dass wir uns nach der Rückkehr gegenseitig versprachen, diesen Trip nach zehn Jahren anlässlich unserer Rosenhochzeit zu wiederholen.

Aber wir befinden uns gerade einmal im siebten Ehejahr. Deshalb verstehe ich nicht, warum sie schon jetzt gar so vehement darauf drängt.

Erinnere dich doch, wie glücklich wir in den drei Wochen gewesen sind.

Sie hat ja recht! Alles begann mit dem Film „The Hunter" mit Willem Dafoe und Sam Neill. Die Handlung dieses Abenteuer-Thrillers spielte zum großen Teil auf Tasmanien und weckte unser Interesse an der Insel. Nach intensiven Internetrecherchen hatten wir unzählige Sehenswürdigkeiten und Ausflugsziele entdeckt und begannen mit den Planungen für die Reise.

Ich weiß, dass ich am Anfang skeptisch war. Vor allem wegen der langen Anreise mit den zwei Zwischenlandungen. Aber schon unser erster Ausflug hat mich für alles entschädigt. Dich doch auch, oder?

Die lange Flugzeit war tatsächlich eine Tortur. Nach der Landung in Hobart, der Hauptstadt Tasmaniens, fuhren wir erst mal ins Hotel und erholten uns von den Strapazen. Am nächsten Morgen machten wir dann einen Trip in einem Shuttlebus auf den Mount Wellington. Er ist mit 1271 Metern die höchste Erhebung der Insel Tasmanien und liegt oberhalb von Hobart.

Die Aussicht auf die Stadt und die Umgebung hat mich überwältigt. Eigentlich wollten wir an diesem Tag noch einen Stadtbummel machen, aber ich konnte mich einfach nicht losreißen. Und dann diese Luft! Ich kam mir vor wie in einer anderen Welt.

Tasmanien gilt tatsächlich als der Ort mit der saubersten Luft und dem saubersten Wasser der Welt. Daraus wird auch der spezielle tasmanische Whisky hergestellt, den ich seit damals so gerne trinke.

Vielleicht ist der geplante Sessellift schon fertig, wenn wir wieder dort sind. Dann können wir beim Hochfahren die Aussicht viel besser genießen als in dem Bus.

Es überrascht mich, welche Pläne Gabi bereits hat. Das geht mir eigentlich alles viel zu schnell. Aber natürlich habe auch ich nur angenehme Erinnerungen an die Reise. Ich muss an das Fotobuch denken, das wir nach unserer Rückkehr in wochenlanger Arbeit zusammenstellten. Im ersten Teil ging es vorwiegend um Hobart.
Nachdem wir die Stadt und das Umland ausgiebig erkundet hatten, mieteten wir einen Leihwagen und machten uns auf den Weg zum größten Stausee Australiens.

War das nicht der erste Punkt, den wir bei unseren Recherchen auf Google Maps entdeckt haben? Wir haben uns noch gewundert, wo diese Landstraße von Hobart aus plötzlich endet.

Bei genauerem Hinsehen sind wir dann beim Gordon Dam gelandet, der riesigen Staumauer mit dem größten Wasserkraftwerk Tasmaniens. Erinnere dich daran, wie wir Hand in Hand auf den Damm gegangen sind.

Ich bin nicht schwindelfrei, absolut nicht! Und immerhin ging es 140 Meter in die Tiefe. Aber dieses Erlebnis durfte ich mir auf keinen Fall entgehen lassen. Und sogar jetzt spüre ich ein starkes Kribbeln im Bauch, wenn ich nur daran denke.

„Sie sind auf dem richtigen Weg. Weiter so!"

Was ist das für eine Stimme? Wer ist dieser Mann? Ich weiß es nicht ...

Konzentriere dich! Nachdem wir den Southwest-Nationalpark durchwandert hatten, ging es zum absoluten Höhepunkt unserer Reise, der Wineglass Bay.

Die Bucht an der Ostküste der Insel gilt als einer der zehn schönsten Strände der Welt. Vom Parkplatz aus ging es zu Fuß es erst einmal hinauf zur Aussichtsplattform.

Der Blick hat alles übertroffen, was wir bis dahin gesehen hatten. Für uns war dies nicht irgendeine Bucht, sondern der romantischste Ort, an dem wir jemals waren.

Den Namen verdankt die Bucht übrigens seiner Form, die an ein Weinglas erinnert, und der Tatsache, dass dort früher Walfang betrieben wurde und sich das Wasser seinerzeit rot färbte.

Komm, lass uns hinuntergehen. Hörst du schon das Meeresrauschen?

Wir kommen vom Wanderweg direkt zum Strand. Ich ziehe meine Schuhe aus und genieße den feinkörnigen Sand. Das Meer schmeichelt meinen Ohren und ich fühle Gabis Hand in meiner.

Hier, erkennst du den Geschmack? Den liebst du doch so.

„Nicht zu viel, nur ein paar Tropfen!"

Schon wieder diese Stimme. Wer zum Teufel ist das? Der Geschmack des Whiskys lässt mich die Frage sofort wieder vergessen. Ich befinde mich am Strand der Wineglass Bay, spüre den Sand zwischen meinen Zehen, die Sonne auf meiner Haut, den Whiskygeschmack auf meiner Zunge, Gabis Berührung ... und öffne die Augen.

„Hallo Schatz, du bist zurück."

Gabis Augen füllen sich mit Tränen.

„Zurück?" Meine Stimme ist brüchig, ich muss mich mehrmals räuspern. Ich liege in einem Bett.

„Woher zurück? Wo bin ich?"

„Du hattest einen Unfall ... mit dem Rad und ..."

Gabis Stimme bricht, sie lässt meine Hand los und dreht sich auffordernd zu einem Mann in weißem Kittel um, der hinter ihr steht.

Er schaltet ein Wiedergabegerät aus, woraufhin das Meeresrauschen verstummt und tritt zu mir.

„Ich bin Doktor Fiedler, ihr behandelnder Arzt. Sie hatten eine schwere Gehirnerschütterung und lagen im Koma. Obwohl Sie inzwischen körperlich wieder absolut gesund sind, blieben Sie in ihrer Bewusstlosigkeit gefangen. Wir wussten nicht, warum. Alle unsere Maßnahmen waren erfolglos. Ihre Frau hatte schließlich die Idee, sie mit der Erinnerung an Ihre Hochzeitsreise zurückzuholen."

Fiedler lächelt Gabi anerkennend zu. „Offensichtlich mit Erfolg. Ich lasse Sie beide jetzt allein. Willkommen zurück!" Gabi tritt wieder an mein Bett.

„Was hältst du davon, wenn wir unseren zweiten Besuch auf Tasmanien vorziehen?", fragt sie. „Natürlich erst, wenn du wieder vollständig gesund bist."

Dankbar lächle ich sie an. „Ich kann es kaum erwarten."

ENDE

Señorita „Bohnita"

von Britta Bendixen

„Wir haben nur zwei Stunden, und die willst du mit Shoppen verschwenden?"

Silvia schaute ihre Tochter ungläubig an. Sie waren gerade aus dem Bus gestiegen, der sie und die anderen Urlauber hierher gefahren hatte, und schon geriet sie mit Nadine aneinander. „Der Ort hat doch so schöne Ecken", fügte sie hinzu.

„Woher willst du das wissen?", hielt ihre Tochter entgegen. „Du bist noch nie hier gewesen. Soviel ich weiß, kennst du außer Hannover kaum einen anderen Ort auf der Welt."

Silvia ging nicht auf die Spitze ein, schon deshalb, weil es stimmte. Dies war ihre allererste Auslandsreise. Sie zog ihren Reiseführer aus der Handtasche. „Ich habe mich eben informiert, meine Liebe. Und ich habe dir angeboten, dass du auch einen Blick in den Baedeker wirfst, aber du wolltest ja nicht."

Nadine winkte ab. „Weißt du was, am besten trennen wir uns. Du stromerst durch die Gassen wie eine herrenlose Katze, ich versuche, Mitbringsel für meine Söhne zu finden, und in zwei Stunden treffen wir uns hier wieder."

„Einverstanden", stimme Silvia zu und betrachtet die Umgebung. „Diese Straße dort sieht interessant aus, mit der fange ich an. Dann bis später, mein Schatz."

Unternehmungslustig stiefelte sie in ihren Sommersandalen drauf los.

Dieses kleine südspanische Küstenstädtchen bot weit mehr, als man auf den ersten Blick vermutete. Die schmalen Gassen, malerischen Plätze und bunten Gärten offerierten jede Menge Fotomotive. Silvias Handykamera kam während der folgenden halben Stunde kaum zur Ruhe.

„Ah, una Senorita bonita! Aleman?"

Sie ließ ihr Handy sinken und wandte den Kopf. Ein rundlicher junger Mann stand auf einmal neben ihr. Er wies auf das Restaurant auf der anderen Straßenseite, sagte ein paar unverständliche Sätze und hielt ihr lächelnd einen Flyer hin.

Zögernd nahm sie das bunte Blättchen entgegen, hob dabei aber bedauernd die Schultern. „Sorry, I don't speak any Spanish."

„Er bittet Sie zu einem kostenlosen Probeessen in sein Restaurant und fragt, ob Sie Deutsche sind", sagte eine dunkle Stimme hinter ihr.

Silvia drehte sich herum und erblickte einen weiteren Mann. Im Gegensatz zu dem Spanier war dieser Fremde etwa in ihrem Alter, und hatte blaugrüne, von Lachfältchen umrahmte Augen, die übermütig funkelten. Die Sonnenbrille hatte er in seine graumelierten Haare geschoben.

Er trug khakifarbene Shorts, ein hellblaues Polohemd und – wie Silvia erleichtert feststellte - Seglerschuhe an den nackten Füßen. Er verkörperte also nicht den typischen deutschen Touristen mit Socken und Sandalen.

„Woher wissen Sie, dass ich aus Deutschland bin?", erkundigte sie sich amüsiert.

Er zuckte mit den Achseln. „Sie sehen deutsch aus. Ich habe einen Blick dafür."

„Soso."

„Und auf Ihrer Umhängetasche steht groß ›Hannover‹", fügte er grinsend hinzu, ehe er ihr seine Hand reichte.

„Jochen Schwarze."

Verlegen ergriff sie seine Hand. Sie war warm und kräftig.

„Silvia Lenzmann", stellte sie sich vor und lächelte ihm zu. „Darf ich Sie etwas fragen? Der junge Mann hat etwas gesagt, als er mich ansprach. Es klang so ähnlich wie Bohne. Haben Sie das verstanden? Lädt er mich zu einem Bohnengericht in sein Restaurant ein? Dann muss ich passen, ich kann Bohnen nicht ausstehen."

Jochen Schwarze schaute irritiert, dann entspannten sich seine Züge und er lachte. „Jetzt weiß ich, was Sie meinen. Er nannte Sie Senorita bonita, das heißt schöne Frau. Mit Bohnen hatte das nichts zu tun."

„Oh", sagte Silvia und musste lachen. „Dann ist es ja gut. Der Mann scheint ein echter Charmeur zu sein."

„Er hat nur die Wahrheit gesagt", erwiderte Jochen Schwarze, zwinkerte ihr zu und wedelte mit dem Flyer in seiner Hand. „Auch ich wurde eingeladen. Was meinen Sie, sollen wir das Angebot annehmen?"

Es war zwar noch nicht ganz Mittagszeit, doch Silvia hatte nur wenig gefrühstückt und außerdem gefiel ihr dieser Jochen Schwarze. Also willigte sie ein.

Sie wurden an einen langen Tisch auf einer überdachten Terrasse geführt, an dem noch sechs weitere Touristen Platz genommen hatten. Der junge Mann von der Straße trat zu ihnen, stellte sich als Pedro vor und erklärte in einem Kauderwelsch aus Spanisch und Englisch die Werbeaktion.

Jochen übersetzte leise, was er sagte. Dabei beugte er sich zu Silvia und sein After Shave kitzelte ihre Nase. Es war nicht leicht, sich auf seine Worte zu konzentrieren.

Sie würden ein Vier-Gänge-Menü mit kleinen Probeportionen bekommen, raunte Jochen ihr zu. Falls ihnen diese Mahlzeiten zusagten, würde man sich freuen, wenn man wiederkäme und vielleicht in Form von Flyern und Mundpropaganda für etwas Werbung sorgte.

„Wir sind ein ganz neues Restaurant und freuen uns über jeden neuen Gast", betonte Pedro gemäß Jochens Übersetzung, und er spendierte jedem der Anwesenden ein Glas Sangria. Weitere Getränke müssten leider berechnet werden, bedauerte er, sonst könne er sich diese Werbeaktion gar nicht leisten.

Silvia war froh, zur rechten Zeit am richtigen Ort gewesen zu sein. Sie und Jochen Schwarze gingen während des Essens rasch zum Du über, lachten viel und entdeckten eine Menge Gemeinsamkeiten. Sie hatte sich in Gegenwart eines Mannes lange nicht mehr so wohl gefühlt. Die Zeit verging wie im Flug.

„Das Essen ist wirklich fantastisch", lobte Silvia. „Die Paella in unserem Hotel ist längst nicht so lecker."

Jochen fragte nach dem Namen des Hotels, doch der war Silvia entfallen. Dass sie sich solche Dinge nicht merken konnte, ärgerte sie. Als Jochen wissen wollte, in welchem Ort sie untergebracht waren, war sie froh, ihm wenigstens diese Frage beantworten zu können.

Nach dem Dessert, einer hausgemachten Mangocreme, lehnte Jochen sich zurück.

„Was hältst du von einem kleinen Verdauungsspaziergang?", fragte er.

„Gern." Silvia schob ihren leeren Teller zurück und stand auf. Sie bedankten sich herzlich bei Pedro, versprachen, auf jeden Fall wiederzukommen, und nahmen jeder mehrere Flyer mit. Silvia registrierte, dass Jochen dem Gastwirt diskret ein großzügiges Trinkgeld in die Hand drückte, und freute sich für Pedro.

„Wie lange bleibst du eigentlich noch?", wollte Jochen kurz darauf wissen.

„Bis übermorgen Nachmittag."

Er sah enttäuscht aus. „Das ist nicht mehr viel Zeit."

„Ich weiß", seufzte sie.

Sie standen vor dem Restaurant in der spanischen Sonne und überlegten, welche Richtung sie einschlagen sollten. Als sie sich gerade nach rechts wenden wollten, hörte Silvia von hinten einen Wagen näherkommen, dann ein scharfes Bremsen, und eine ihr bekannte Stimme rief: „Mama! Da bist du ja endlich!"

Im nächsten Moment hielt ein Taxi neben ihr und Nadine sprang heraus. „Mensch, ich hab schon den ganzen Ort nach dir abgeklappert. Der Bus wartet, wir müssen zurück. Los, steig schon ein."

„Nadine, warte", versuchte Silvia ihre Tochter zu unterbrechen, „ich muss mich doch noch von -"

„Beeil dich", mahnte Nadine, und drängte die völlig perplexe Silvia in den Wagen. Offenbar hatte Nadine nicht ein einziges Wort von dem gehört, was ihre Mutter gesagt hatte. Schlimmer noch, sie würdigte Jochen, der den überstürzten Aufbruch mit sichtlicher Verblüffung verfolgte, keines Blickes, sondern nahm neben dem Taxifahrer Platz und gab ihm den Auftrag, loszufahren. „Rapido, por favor!"

Alles ging so schnell, dass Silvia nichts anderes übrig blieb, als Jochen vom Rückfenster aus kurz zuzuwinken, ehe das Taxi um die nächste Ecke fuhr, und der Mann, den sie so gern näher kennengelernt hätte, aus ihrem Blickfeld verschwand.

Bleischwere Traurigkeit überfiel sie und wurde binnen weniger Herzschläge von heftigem Zorn abgelöst. Da lernte sie endlich einmal jemanden kennen, der ihr sympathisch war, der sie zum Lachen brachte - und in der nächsten Sekunde war alles wieder vorbei. Sollte es das wirklich schon gewesen sein?

Sie rutschte auf der Rückbank ein Stück nach vorn und machte ihrer Wut Luft.

„Was fällt dir eigentlich ein?", herrschte sie ihre Tochter an. „Ich bin doch kein unmündiges Kind. Du hast nicht einmal erlaubt, dass ich mich von Jochen verabschiede!"

Nadine drehte sich zu ihr herum. Ihr Gesicht zeigte ehrliche Verwirrung. „Von wem?"

„Ja, hast du ihn denn nicht gesehen? Er stand doch direkt neben mir."

„Da war jemand? Wirklich? Oh, das tut mir leid. Ich war einfach nur froh, dass ich dich gefunden habe. Mama, die anderen warten schon seit zwanzig Minuten und unser Fahrer ist total sauer, weil du nicht gekommen bist und damit seinen ganzen Terminplan durcheinanderbringst."

Bestürzt schaute Silvia auf die Uhr. Wie schnell die Zeit verstrichen war! Und nun würde sie Jochen vermutlich niemals wiedersehen. Der Gedanke war so deprimierend, dass sie mit den Tränen kämpfte.

Abends aßen sie im Hotel zu Abend. Silvia stocherte in ihrem Essen herum und antwortete einsilbig auf Nadines Fragen.

„Jan und Mika lassen dich übrigens grüßen", sagte ihre Tochter. „Ich habe vorhin bei ihnen angerufen."

„Geht's ihnen gut?", fragte Silvia tonlos.

„Besser als dir offenbar."

Nadine legte ihre Gabel zur Seite und beugte sich vor.

„Bitte entschuldige, dass ich vorhin so unsensibel war. Dieser Mann scheint dir wirklich gefallen zu haben. Wie war gleich sein Name?"

Silvia sah auf. „Jochen", sagte sie. „Wir haben zusammen gegessen, viel gelacht und uns wunderbar verstanden. Doch ehe wir Adressen oder Telefonnummern austauschen konnten, kamst du und hast damit jede Chance auf ein Wiedersehen kaputt gemacht." Sie senkte die Stimme. „Er war der erste Mann seit dem Tod deines Vaters, in den ich mich hätte verlieben können."

„Das tut mir wirklich leid, Mama", flüsterte Nadine. „Wenn ich das gewusst hätte ..."

Silvia tupfte sich den Mund mit der Stoffserviette sauber, nahm ihren Zimmerschlüssel und stand auf.

„Bitte entschuldige mich. Ich möchte allein sein."

Nach einer unruhigen Nacht eröffnete Silvia ihrer Tochter beim Frühstück, was sie sich vorgenommen hatte.

„Ich werde heute noch einmal auf eigene Faust dorthin fahren. Das Restaurant ist der einzige Ort, der Jochen und mich verbindet. Wenn er Interesse daran hat, mich wiederzusehen, wird auch er dort hinkommen."

„Ich begleite dich", beschloss Nadine.

Silvia merkte, dass ihre Tochter noch immer ein schlechtes Gewissen hatte, und nahm das Angebot dankbar an.

Sie mieteten sich einen Kleinwagen, erreichten bald das Küstenstädtchen, parkten am Hafen und machten sich zu Fuß auf den Weg zu Pedros Restaurant. Dieses Unterfangen erwies sich allerdings als schwierig. Die vielen kleinen Gassen und winkeligen Straßen ähnelten einander so sehr, dass Silvia sich überhaupt nicht orientieren konnte. Wieder war sie den Tränen nahe.

„Wieso bloß habe ich alle Flyer im Bus verteilt und keinen für mich behalten? Da stand doch bestimmt die Adresse drauf. Schon dein Vater hat immer gesagt, dass ich total verpeilt bin, und er hat recht gehabt." Sie hätte heulen können. „Wir werden Pedros Restaurant nie finden", fügte sie traurig hinzu.

„Nun sieh man nicht so schwarz", riet Nadine. „So groß ist dieses Kaff ja nicht. Wir suchen, bis wir es gefunden haben."

Rechts herum, links herum, noch einmal rechts ... Immer wenn Silvia glaubte, ihr komme etwas bekannt vor, schöpfte sie Hoffnung, die sich aber regelmäßig an der nächsten Straßenecke zerschlug.

Die Sonne stand bereits hoch am Himmel, als sie eine Kreuzung erreichten. Einige Meter vor ihnen hielt ein Taxi an der Ampel. Nadine packte Silvias Unterarm.

„Mama, sieh doch! Das ist der Fahrer von gestern! Vielleicht kann er uns helfen."

Ehe Silvia etwas erwidern konnte, war ihre Tochter bereits zu dem Wagen gerannt und klopfte an die Scheibe, die sich daraufhin senkte. Silvia sah, dass Nadine auf den Fahrer einredete und er eifrig nickte. Wortfetzen drangen bis zu ihr hinüber.

„Restaurante", „Ayer" „Por favor" von Nadine, und „Yo se" und „Si, naturalmente" von dem Taxifahrer.

Silvias Puls beschleunigte sich. Bedeutete dieses Kauderwelsch, dass sich der Mann an die Adresse erinnerte?

Nadine sah zu Silvia hinüber, winkte aufgeregt und strahlte. „Mama, komm schnell, er fährt uns hin!"

„Oh, Gott sei Dank!", rief Silvia und eilte auf den Wagen zu. Sie stiegen ein.

„Und du glaubst wirklich, dieser Jochen kommt auch?", fragte Nadine.

Silvia nickte überzeugt. „Bestimmt."

Dabei war sie sich inzwischen gar nicht mehr so sicher.

Möglicherweise hatte sie etwas in sein Verhalten hinein interpretiert, was gar nicht da gewesen war.

Nur zwei Minuten später hielt das Taxi und Silvia erkannte Pedros Restaurant. Sie waren also gar nicht so weit entfernt gewesen. Mit zitternden Knien stieg sie aus. Würde Jochen kommen? Wollte er sie so gern wiedersehen wie sie ihn?

Sie stiegen die wenigen Stufen zur überdachten Terrasse hinauf und setzten sich an einen Tisch, von dem aus Silvia die Straße gut überblicken konnte.

Pedro kam auf sie zu, erkannte sie wieder und begrüßte sie erfreut. Sie bestellten Sangria.

Silvia bat ihre Tochter, Pedro zu fragen, ob Jochen am Vortag eine Nachricht für sie hiergelassen habe.

Der Wirt lauschte Nadines Frage und schüttelte zu Silvias Enttäuschung mit bedauernder Miene den Kopf.

Die Zeit verrann. Von Jochen war nach wie vor nichts zu sehen. Silvia nutzte die Zeit, um ihrer Tochter alles zu erzählen, von dem Moment, in dem Jochen sie angesprochen hatte, bis zu Nadines unverhofftem Auftauchen.

„Er ist aus Hamburg", berichtete Silvia. „Vor zwei Jahren hat er seine Buchhandlung an seine Tochter übergeben. Seitdem reist er viel. Seine Frau ist vor acht Jahren an Krebs gestorben." Sie seufzte leise und fuhr dann schwärmerisch fort: „Ich hatte das Gefühl, dass er jedes Buch in seinem Laden gelesen hat. Er weiß so viel, kennt haufenweise interessante Geschichten und hat einen wunderbaren Sinn für Humor ..." Sie brach ab, trank einen Schluck Sangria und schaute ebenso sehnsüchtig wie vergebens die Straße entlang.

Warum kommt er nicht, fragte sie sich. War ich zu langweilig? Ist er lediglich höflich gewesen und hat sein Interesse nur vorgetäuscht? Vielleicht mache ich mir etwas vor.

Sie schaute auf die Uhr. Es war nach elf.

Eine Stunde warte ich noch, nahm sie sich vor.

Als die Stunde um war, bestellte Nadine sich eine Kleinigkeit zu essen.

„Möchtest du auch etwas?", fragte sie ihre Mutter, doch Silvia schüttelte den Kopf. „Ich habe keinen Appetit."

110

Sobald Nadine satt ist, beschloss Silvia, werden wir gehen. Ich mache mich ja lächerlich!

Als Nadine ihren leeren Teller von sich schob, schaute Silvia zum gefühlt hundertsten Mal die Straße auf und ab.

Von Jochen war nichts zu sehen. Ihre Enttäuschung war grenzenlos.

„Lass uns gehen", bat sie Nadine.

Die schaute ihre Mutter mitleidig an und nickte dann. Sie winkte Pedro, der am Nachbartisch eine Bestellung aufnahm. „La cuenta, por favor."

Pedro nickte. „Uno momento." Dann verschwand er im Inneren des Lokals und kehrte wenig später mit zwei Kuchentellern zurück. „Postre para las senoritas", sagte er mit einem breiten Lächeln.

Nadine nahm die Rechnung entgegen, die er ihr reichte. „Muchas gracias."

Pedro warf einen kurzen Blick zu Silvia und zwinkerte Nadine zu.

„Was hat er eben gesagt?", fragte Silvia.

„Das er uns noch ein Dessert ausgibt", übersetzte Nadine. „Vielleicht hofft auch er, dass wir nicht umsonst warten, und will verhindern, dass wir zu früh aufbrechen."

Unwillkürlich beschleunigte sich Silvias Herzschlag.

Sollte Jochen nun doch noch auftauchen, dann war es Schicksal, und Pedro so eine Art Liebespatron.

Sie probierte den Kuchen. Er schmeckte saftig, nach Zitrone und Mandeln. Sehr lecker! Silvia zwang sich, ihn ganz langsam zu essen.

Als Pedro kam, um zu kassieren, kredenzte er ihnen zu guter Letzt noch einen Schnaps auf Kosten des Hauses.

Nachdem sie die Gläser geleert hatten, sah Nadine ihre Mutter an. „Willst du noch länger warten?", fragte sie sanft.

„Nein, ich … ich gehe nur noch auf die Toilette. Dann können wir aufbrechen. Es hat wohl keinen Zweck, noch zu bleiben."

„Es tut mir so leid, Mama."

Silvia erhob sich. „Schon gut, Schätzchen. Es sollte eben nicht sein."

Als sie zurückkam, nahm sie ihre Tasche und nickte Nadine zu. „Lass uns gehen", sagte sie traurig. „Wir hätten unseren letzten Urlaubstag sinnvoller verbringen können. Tut mir leid."

„Schon in Ordnung", meinte Nadine. „Ich fand es sehr nett bei Pedro. Aber vielleicht solltest du Jochen eine Nachricht hinterlassen. Möglicherweise konnte er aus irgendeinem Grund nicht herkommen."

Silvia schüttelte den Kopf. „Was für ein Grund sollte das sein? Er hat Urlaub, genau wie wir. Nein, es ist besser, ich sehe den Tatsachen ins Auge. Ich habe mir etwas eingebildet. Lass uns ins Hotel zurück fahren."

Sie verabschiedeten sich von Pedro, der mit für Silvia unverständlichen Worten aber eindeutigen Gesten sein Bedauern ausdrückte. Silvia hatte einen dicken Kloß im Hals, als sie das Restaurant verließen. Sie hatte sich zum Narren gemacht, fühlte sich enttäuscht und gedemütigt.

Traurig trottete sie neben Nadine Richtung Hafen. Plötzlich blieb sie stehen und blinzelte verwundert. „Siehst du den Mann da vorn auch, oder habe ich eine Halluzination?"

„Den mit dem weißen Hemd? Den sehe ich auch. Ist das etwa Jochen?"

Silvias Herz schlug schneller. „Ja, ich … ich glaube, das ist er tatsächlich."

Nun blieb auch er stehen, aber nur für einen Moment. Dann breitete sich ein Strahlen auf seinem Gesicht aus und er kam auf sie zu. Silvia hätte jubeln können. Es war tatsächlich Jochen, der sich eilig näherte, ja, er rannte beinahe.

Schließlich erreichte er sie, blieb schwer atmend vor ihr stehen.

„Ich wollte gerade zu Pedros Restaurant, in der Hoffnung, dich dort zu treffen", sagte er. „Warst du … ?"

Sie nickte glücklich. „Seit heute Vormittag. Ich dachte, du kommst vielleicht auch."

Er schüttelte lachend den Kopf. „Ich war in eurem Ort und habe ein Hotel nach dem anderen nach dir abgeklappert." Er schlug sich gegen die Stirn. „Und dabei warst du die ganze Zeit hier!"

Er hatte nach ihr gesucht! Silvias Herz machte Luftsprünge vor Freude.

„Das ist alles meine Schuld", gab Nadine zu und reichte ihm ihre Hand. „Ich bin Nadine, Silvias Tochter. Tut mir leid, dass ich sie gestern so von Ihnen losgerissen habe. Besonders, weil dies unser letzter Urlaubstag ist."

„Ich weiß." Jochen lächelte Nadine zu und wandte sich dann an Silvia. „Sag, meine Señorita Bonita, würdest du mich auch in Deutschland wiedersehen wollen? Hamburg und Hannover sind ja nicht so weit voneinander entfernt. Wir könnten essen gehen. Was sagst du?"

Silvia strahlte ihn an. „Ich … Ja! Sehr gerne!"

Er lachte vergnügt. „Gut, dann ist das abgemacht."

Silvia hakte sich bei ihm ein. „Ein bisschen Zeit haben wir noch", sage sie und wies auf das Restaurant. „Lasst uns zu Pedro gehen. Ich habe auf einmal einen Riesenhunger."

ENDE

Bretonischer Sommer

von Ulrike Kemmling

Elisa stand auf dem Bahnhof und wartete auf den Nachtzug nach Paris. Vorfreude auf den ersten Urlaub, den sie allein verbringen würde, und Unsicherheit wechselten sich ab. Als der Zug einfuhr, verspürte sie einen Kloß im Hals und bemühte sich, die aufkommenden Tränen zu unterdrücken.

War es die richtige Entscheidung gewesen, Michael anzulügen?

Sie schob diese Frage energisch beiseite und packte den Griff ihres Koffers fester. Die Würfel waren gefallen, sie würde die Reise antreten. Entschlossen stieg sie in den Zug und fand nach kurzem Suchen ein fast leeres Abteil. Nur eine ältere Dame saß am Fenster, sie hielt ein Buch in der Hand und hatte eine Halbbrille auf. Herman Hesse, Der Steppenwolf, las Elisa.

„Guten Abend", begrüßte die Frau Elisa freundlich. Elisa erwiderte den Gruß mit leiser Stimme und setzte sich gegenüber, damit sie auch hinausschauen konnte. Es dämmerte bereits. Der Zug begann sich zu bewegen und nahm zügig Fahrt auf. Elisa blickte nachdenklich hinaus in die Landschaft, die sie mit rasender Geschwindigkeit in Richtung Westen durchquerten.

„Ich fahre nach Paris", erzählte die ältere Dame unaufgefordert. „Besuchen Sie auch die Stadt der Liebe und der Kunst?"

Elisa schüttelte den Kopf. „Nein ich mache Urlaub in der Bretagne."

„Oh, wie schön! Und Sie reisen ganz allein?"

„Ja." Elisa seufzte und machte ein unglückliches Gesicht. „Weil mein Freund mit seiner Familie in den Urlaub fährt", rutschte es ihr heraus. Sie hörte selbst, dass ihre Stimme verbittert klang.

„Er ist verheiratet?" fragte ihr Gegenüber.

Elisa nickte, presste die Lippen zusammen und senkte den Blick. „Er ist mein Chef."

Sie biss sich auf die Zunge. Was war nur los mit ihr? Seit Jahren schwieg sie zu ihrem Verhältnis mit Michael. Und nun schüttete sie plötzlich einer Fremden ihr Herz aus.

„Wie lange geht das denn schon?"

Die Frau klang so mitfühlend, dass es Elisa leichtfiel, zu antworten. „Fünf Jahre, drei Monate und zwei Wochen."

„Lassen Sie mich raten", sagte die Dame. „Er versteht sich nicht mehr mit seiner Frau, kann seine Familie aber nicht verlassen, stimmt's?"

„Ganz genau!" Elisa schaute ihre Reisegenossin verblüfft an. „Woher ...?"

„Woher ich das weiß? Weil ich mir seit vierzig Jahren dasselbe, viel zu lange habe erzählen lassen. Einiges ändert sich offenbar nie."

Sie schwieg einen Moment, dann lächelte sie Elisa an. „Mein Name ist übrigens Kerstin. Als junges Ding habe ich in derselben Firma wie er angefangen zu lernen. Kurz zuvor hatte ich mein Abi gemacht und wollte zunächst etwas Solides lernen, bevor ich studiere. Ich war allein in der Stadt und er war für mich da." Sie zuckte mit den Schultern und schaute versonnen aus dem Fenster. „Vierzig Jahre ist das her und ich bin immer noch nur seine Geliebte. Mein Leben ist bittersüß an mir vorbeigezogen."

„Ich heiße Elisa." Sie lächelte kurz, wurde aber gleich wieder ernst. „Michael und ich können höchstens dann gemeinsam aufwachen, wenn er mich auf eine Geschäftsreise mitnimmt. Zweimal die Woche kommt er zu mir, aber nur für wenige Stunden. Und gemeinsamer Urlaub ist vollkommen undenkbar."

Sie zeigte Kerstin ihr kostbares Bettelarmband, das sie von ihm geschenkt bekommen hatte. „Schau, ich kann jetzt die Weihnachten und Geburtstage zählen, die ich allein verbracht habe."

Kerstin lächelte und zeigte auf ihre wertvolle Kette und die Armbänder. „Für einen Ring hatte er nie den Mut" sagte sie und verzog das Gesicht.

Der Zug hielt in Köln. Die Silhouette des Doms zeichnete sich schwarz gegen die Dämmerung ab.

Als der Zug wieder Fahrt aufnahm, erzählte Elisa weiter. Wie sie sich kurzentschlossen einen Traum erfüllt habe. Sie vertraute Kerstin sogar an, dass sie vor einigen Wochen zufällig erfahren hatte, dass Michael sich schon vor langer Zeit einer Vasektomie unterzogen hatte, eine Familiengründung mit ihm daher ausgeschlossen sei. Wie verletzt sie sich gefühlt habe, weil ihre Träume in jenem Moment zerplatzt waren.

Elisa hatte sich an jenem Abend eine Flasche Rotwein aufgemacht und im Internet gesurft. Nach dem zweiten Glas hatte sie nach Urlaubszielen gesucht, und nach dem dritten Glas war sie auf eine Anzeige eines Resorts in der

Bretagne gestoßen. Es sah toll aus, direkt am Meer an einer Bucht auf der Halbinsel Quiberon gelegen. Appartements in jeder Größe mit einem reichen Angebot. Radfahren, Tennis, Reiten, Wanderungen, Wellness, Tauch- und Schnorchelkurse sowie Ausflüge zu den Sehenswürdigkeiten der Bretagne.

Es war zwar etwas teurer als ein Urlaub auf Mallorca oder einem der anderen üblichen Touristenorte, aber sie konnte es sich leisten. Also hatte sie kurzerhand reserviert und am nächsten Tag ihren Urlaub eingereicht.

Sie erzählte ihrer Reisegenossin von ihrem unbeschwerten französischen Sommer, den sie beim Schüleraustausch in vollen Zügen genossen hatte. Vom Schnorcheln im Mittelmeer und der bunten Unterwasserwelt.

Aber auch davon, dass Michael natürlich hatte wissen wollen, was genau sie in ihrem Urlaub plante. Elisa hatte nicht den Mut gehabt, ihm die Wahrheit zu sagen.

Stattdessen hatte sie behauptet, dass sie mit ihrer Mutter in den Schwarzwald fahren würde.

Bei ihrem Abschied bestand Michael darauf, dass sie ihm jeden zweiten Tag eine Postkarte ins Büro schicken sollte.

Natürlich in einem Umschlag. Typisch Michael!

„… aber ob ich das mache, weiß ich noch nicht", beendete Elisa ihren Monolog.

Kerstin hatte ihr die ganze Zeit aufmerksam zugehört und sagte entschlossen: „Ich würd's nicht tun, Elisa. Mach nicht die gleichen Fehler wie ich!"

Das Buch, in dem sie gelesen hatte, lag noch immer aufgeschlagen in ihrem Schoß. Kerstin legte sorgsam ein Lesezeichen zwischen die Seiten und unterdrückte ein Gähnen.

„Es ist spät geworden, nicht wahr?", sagte sie. „Wir sind längst über der Grenze, auf dem Weg nach Paris. Kennst du das Motto der französischen Revolution? Liberté, Egalité, Fraternité. Freiheit, Gleichheit, Brüderlichkeit. Das gilt auch für uns versteckte Geliebte. Nicht mehr und nicht weniger", sagte sie entschlossen. „Draußen ist es bereits stockdunkel. Wenn du nichts dagegen hast, werde ich für eine Weile die Augen schließen, damit ich morgen früh nicht völlig erledigt in Paris ankomme."

„Gute Idee", stimmte Elisa lächelnd zu. Sie würde ebenfalls versuchen, ein wenig Schlaf zu finden.

Sie erreichten Paris bei Sonnenaufgang. Kerstin und Elisa verabschiedeten sich wie alte Freundinnen.

Sie küssten sich auf die Wangen, wünschten sich alles Gute und einen erholsamen Urlaub.

„Viel Spaß in der Stadt der Liebe", sagte Elisa. „Und danke, dass du mir so geduldig zugehört hast."

„Wenn ich mich damals bei jemandem hätte aussprechen können, wäre mir vieles erspart geblieben, glaube ich", erwiderte Kerstin.

„Darf ich Dir einen guten Rat geben?", fragte Kerstin. „Schieß deinen Michael in den Wind. Er wird seine Frau niemals für dich verlassen. Das Schicksal hält für dich gewiss Besseres bereit. Also halte die Augen offen." Sie zwinkerte Elisa zu und verließ das Abteil.

Elisa blieb nachdenklich zurück.

Im Bahnhof Montparnasse bestieg sie den TGV Richtung Rennes und verspürte endlich Ferienstimmung. Je weiter sie sich von Michael entfernte, umso gelöster und freier fühlte sie sich.

Irgendwann erreichte sie mit anderen Urlaubern Quiberon und bestieg den Bus des Resorts, der sie zum Hotel fuhr.

Dort buchte sie den Tauchkurs und verschiedene andere Angebote. Sie würde sich bestimmt amüsieren, auch wenn sie allein war.

Am Abend machte sie einen langen Spaziergang am Meer und aß ein Fischgericht in der Brasserie des Resorts. Dazu bestellte sie ein Glas Weißwein und prostete sich selbst zu.

Schon am nächsten Morgen würde der Kurs beginnen, und sie freute sich wie ein Kind darauf.

In aller Frühe stand sie am Treffpunkt des Kurses und wunderte sich, weil nur zwei Männer mit ihr auf den Tauchlehrer warteten. Vielleicht lag es daran, dass das Wetter typisch bretonisch verregnet war. Aber beim Tauchen, dachte sie, wird man doch sowieso nass. Wen stört denn da ein bisschen Regen?

Sie waren also nur zu dritt, als der Tauchlehrer kam und sie begrüßte. Er stellte sich als Jean vor. Jean war ein großer kräftiger Mann, mit dunklem, leicht graumeliertem Lockenkopf, Schnäuzer und wettergegerbter Haut. Sie folgten ihm an den Strand, wo er sie über die Gefahren des Tauchens aufklärte. Sie würden heute nur schnorcheln, erklärte er, damit sie sich an das Wasser gewöhnen konnten.

In der Hütte der Tauchschule verteilte Jean Neoprenanzüge und Schwimmflossen an alle. Elisa zwängte sich mit

Mühe in den enganliegenden Anzug, der ihr kaum Luft zum Atmen ließ.

Endlich begaben sie sich ins Wasser und versuchten, sich in der flachen Bucht zurechtzufinden. Elisa schwamm ein paar Meter hinaus und tauchte flach im Wasser. Dabei versuchte sie, den Schnorchel oberhalb des Wassers zu halten, um kein Wasser einzuatmen. Das gelang auch, bis eine Welle kam und den Schnorchel flutete.

Elisa hielt an, riss sich das Mundstück heraus, prustete und spuckte.

Jean war sofort bei ihr. „Ganz ruhig", riet er, „versuch es nochmal. Ich halte dich."

Er wartete, bis ihr Husten sich gelegt hatte, und ließ sie bäuchlings auf seinen ausgestreckten Armen auf dem Wasser treiben. Wie einem Kind, dem er das Schwimmen beibrachte, zeigte er ihr, wie sie ruhig und gleichmäßig atmen solle. Elisa ließ es gern geschehen.

Als sie keine Angst mehr hatte, schnorchelten sie Seite an Seite, und sie genoss die Sicherheit, die der Tauchlehrer ausstrahlte.

Als die Stunde vorbei war, half Jean ihr, den Anzug auszuziehen und abzuspülen. Sie verabschiedeten sich und spontan gab Elisa ihm ein Küsschen auf die Wange.

Zu ihrer Überraschung errötete er und murmelte verlegen: „A demain".

Bis morgen.

Den restlichen Tag verbrachte Elisa mit Spaziergängen an der Steilküste und in den kleinen Buchten, um Steine und Muscheln suchen.

Der Regen war vorüber und eine hellstrahlende Sonne versüßte ihr den Nachmittag. In der Bretagne wechselte das Wetter mindestens fünfmal täglich. Nur der Wind wehte ununterbrochen aus West, mal lau, mal stürmisch. Deshalb sah dieses Stückchen Land immer wie frisch gewaschen aus. Elisa konnte sich an der üppigen und wilden Landschaft gar nicht sattsehen.

Am Strand entdeckte sie zufällig Jean, der einer Gruppe Urlaubern die ersten Schritte beim Surfen beibrachte. Sie entschied sich spontan, für den nächsten Tag auch noch einen Surfkurs zu buchen.

Zurück im Appartement schrieb sie Michael statt einer Postkarte lieber eine SMS. Mit vielen Grüßen aus dem Schwarzwald.

Dann machte sie sich sorgfältig zurecht. Es stand nämlich eine Willkommensparty für die neu angereisten Urlauber auf dem Programm. Zuerst hatte sie nicht hingehen wollen, sich aber dann doch noch umentschieden und beschlossen, wenigstens vorbeizuschauen.

Nach einer kurzen Rede vom Leiter des Resorts wurden die Animateure vorgestellt. Da war er wieder, Jean. Diesmal in Jeans und schwarzweißgestreiftem Poloshirt, auf dem der Name des Resorts prangte. Ihre Blicke trafen sich und zu Elisas Freude lächelte er ihr zu.

Nach dem Büfett spielte eine Band zum Tanz und die Animateure schwärmten aus, um Urlauber aufzufordern.

Jean kam schnurstracks auf sie zu, verbeugte sich leicht und nahm ihre Hand.

„Tu veux danser?", fragte er.

„Oui", hauchte sie.

Sie tanzten und Elisa fühlte sich in seinen Armen genauso sicher wie am Morgen, als er sie im Wasser gehalten hatte. Er zog sie an sich, und ihr ganzer Körper kribbelte. Sie schloss die Augen und genoss den Augenblick. Schien mit Jean über die Tanzfläche zu schweben.

Als das Lied endete, führte er sie zu ihrem Platz zurück und gab ihr galant einen Handkuss. Dabei sah sie ihm tief in die Augen. Sie loderten wie Feuer. Aber vielleicht spiegelte sich auch nur das Kerzenlicht in ihnen.

Elisa wachte von da an täglich mit einem Lächeln auf, denn sie wusste, es würde wieder ein Tag mit Jean sein. Sie lernten sich immer besser kennen und nutzten jede Gelegenheit, um sich wie zufällig zu berühren.

Seine raue Hand auf ihrem Arm oder Rücken sorgte jedes Mal für einen Stromstoß, der in ihr wohlige Schauer bereitete.

Am Donnerstag nach dem Tauchkurs fragte er, ob sie am nächsten Abend mit ihm in die Stadt käme. Es gäbe ein Fest mit bretonischer Musik und Tanz, die Feté de noz.

Elisa sagte freudig zu.

Es wurde ein herrliches Erlebnis. Jean und sie schlenderten durch den Ort und tanzten stundenlang. Elisa fühlte sich wie im Himmel, und als Jean sie nach ihrer Rückkehr ins Resort in die Hütte der Tauchschule führte, sie in der dunklen Abgeschiedenheit an sich zog und küsste, ließ sie es widerstandslos geschehen. Es roch nach Tauchanzügen, nach Salz und Meer.

Wenig später liebten sie sich zum Rauschen der Wellen, die an den nahen Strand rollten, und Elisa wurde in Jeans Armen von einer Woge der Leidenschaft mitgerissen.

Lange hatte sie sich nicht mehr so glücklich gefühlt.

Am nächsten Morgen erreichte sie eine wütende E-Mail von Michael. Er bestand auf ihrer Vereinbarung, ihm jedem zweiten Tag eine Postkarte zu schicken. Außerdem solle sie ihm ihren Standpunkt mailen, damit er sicher wusste, wo sie sich befand. Er schrieb tatsächlich, er könne ihr sonst nicht länger vertrauen, und das würde sich auch auf ihr Arbeitsverhältnis auswirken.

Elisa antwortete ihm nicht. Stattdessen klappte sie ihr Notebook zu und machte sich mit einem Lächeln auf den Weg zu Jeans Tauchkurs.

Er begrüßte sie mit einem Blick, der die vergangene Nacht für Elisa wieder lebendig werden und ihre Kopfhaut prickeln ließ. Doch Jean war Profi. Er widmete sich all seinen Schülern mit der gleichen Aufmerksamkeit, lehrte sie die Gefahren der Gezeiten und mahnte zu Abstand zu den Felsen, obwohl sich gerade hier die Meeresbewohner tummelten. Sie fuhren mit dem Boot hinaus, um mit den Kegelrobben zu schwimmen.

Die nächsten Tage vergingen wie im Flug. Das Verhältnis zu Jean wurde immer intensiver. Sie konnten es nicht offen leben, weil es Jean als Angestelltem des Resorts verboten war, sich auf einen Gast einzulassen.

Doch das bisschen Heimlichtuerei gefiel ihr, denn es gab keine Ehefrau, vor der sie ihre Zuneigung zueinander verbergen mussten.

Jean sammelte Muscheln und Austern, und sie aßen sie abends zu zweit mit einem Glas Wein in der Hütte der Tauchschule, ehe sie sich liebten und danach stundenlang redeten. Elisa wusste inzwischen viel über Jean. Er war ein ehemaliger Fremdenlegionär aus Belgien, der durch die Legion Franzose geworden war. Anschließend war er durch die Welt gereist, hatte als Taucher gearbeitet und beherrscht alle Wassersportarten. Nun, erzählte er Elisa, wolle er dieses Abenteuerleben langsam aufgeben und sich irgendwo niederlassen.

Die Zeit verstrich, der Abschied rückte näher, und Elisa war klar, dass sie zurück in ihren Alltag musste. Einen Alltag ohne Jean. Sie fühlte sich dazu bereit, doch es war schwerer als erwartet.

Am letzten Abend ihres Aufenthalts lud Jean sie in seine private Wohnung ein. Sie lag in einem heruntergekommenen Viertel von Quiberon und war sehr spartanisch eingerichtet, aber sauber. Er hatte Käse, Brot und eine Flasche Wein gekauft.

Ihre letzte Nacht verbrachten sie in Jeans Bett, schliefen eng aneinandergeschmiegt ein, und als sie am Morgen erwachten und sie sich verabschieden musste, um zu packen, war es ihr, als wenn ihr Herz brechen würde.

Sie hatten eine schöne Zeit zusammen gehabt, doch diese war nun vorbei. Sie musste ihren Weg allein weitergehen.

Auf der Heimreise schaute Elisa bekümmert aus dem Fenster. Jean fehlte ihr so sehr. Der Gedanke, ihn niemals wiederzusehen, war mehr, als sie ertragen konnte.

Elisa hatte sich den Rat von Kerstin zu Herzen genommen und die Beziehung zu Michael beendet. Vielleicht war ihr ein Glück mit Jean verwehrt, aber mit Michael würde sie ganz gewiss keines finden.

Als sie wieder zu Hause war, kündigte sie ihre Stellung, fand aber binnen kurzer Zeit eine neue, die sogar besser bezahlt wurde.

Von Jean hörte sie nichts.

Aber von Michael bekam sie einiges zu hören. Er nahm ihr die Kündigung ebenso übel wie ihre Weigerung, sich wieder mit ihm einzulassen. Er behauptete, sie sei undankbar und jederzeit ersetzbar. Diese Vorwürfe ließen sie kalt, und sie wunderte sich über sich selbst.

Eines Abends klingelte ihr Handy. Sie zögerte erst, denn die Nummer war ihr unbekannt, doch dann nahm sie das Gespräch an und meldete sich.

„Elisa?"

Ihr blieb die Luft weg. Die Stimme gehörte Jean! Sie setzte sich aufrecht auf die Couch. „Salut, Jean", antwortete sie mit brüchiger Stimme. „Comment ca va?",

„Elisa .... Isch abe so oft an Dich gedacht, ma cherie!" Seine Stimme klang zärtlich und rau. Wunderbar vertraut.

Eine wohlige Wärme breitete sich in Elisa aus, sei spürte wie sich ihre Härchen am ganzen Körper aufrichteten.

„Und ich an dich", sagte sie mit einem zärtlichen Lachen.

Als sie wieder auflegte, graute bereits der Morgen.

ENDE

Gipfelglück hoch zwei

von Christa Reusch

„Dann", Luis holte tief Luft, „ist es wohl besser, wir heiraten erstmal nicht."

„Was hat Heiraten mit Urlaub zu tun?" Mila starrte ihn an.

„Wir sind total verschieden", erklärte er. „Es passt nicht."

Abrupt drehte sie sich weg. Aber er hatte die Tränen in ihren Augen gesehen.

„Ich versteh dich nicht", griff er den Streitpunkt erneut auf. „Es gibt Leute, die zahlen dafür, dass sie ihren Urlaub auf Rügen verbringen können, und du stellst dich so an. Ich bin gern dort. Das ist für mich Heimat. Aber klar, ist nicht die DomRep."

Sie fuhr herum. Die Traurigkeit in ihrem Gesicht war verschwunden. Umso besser. Mit Zorn konnte er umgehen.

„Ich", entgegnete sie und ihre Stimme zitterte, „hätte gar nichts gegen Urlaub auf Rügen. Aber du willst deiner Mutter helfen. Erholung sieht für mich anders aus. Das letzte Mal haben wir einen halben Tag für uns gehabt, ansonsten hat sie uns eingespannt. Dach reparieren, Zaun streichen, Terrasse mit dem Dampfstrahler bearbeiten, den wir zuvor mit dem Handkarren holen mussten."

Sie holte ihre Reisetasche aus dem Schrank und begann zu packen.

„Was hast du vor?" Er hatte einen Kloß im Hals, der sich durch Schlucken nicht vertreiben ließ.

„Nachdenken. Ich nehm' mir eine Auszeit. Urlaub vom Wir, wenn du so willst."

127

„Du hast doch überhaupt nicht frei", warf er ein, obwohl sie das in keiner Weise beeindrucken würde. Seine Stimme klang belegt.

„Ich ruf im Büro an und sag, ich bin krank."

Schweigend sah er ihr zu, wie sie ihre Klamotten zusammensuchte und den Kosmetikbeutel füllte. Mit einem lauten Surren zog sie den Reißverschluss zu, hängte sich ihre Handtasche um. „Servus."

In der Tür wandte sie sich noch einmal um. „Übrigens ist Heimat für mich ein Gefühl hier drin." Sie klopfte mit der Hand auf die Brust.

Er stand da und rührte sich nicht, selbst als die Tür ins Schloss gefallen war.

Sollte sie ihre Auszeit haben. Er kam ohne sie bestens aus. Entschlossen zog er seine Sporttasche unter dem Bett hervor. Im Hinausgehen telefonierte er und verabredete sich für später in seiner Stammkneipe. Seit er mit Mila zusammen war, ließ er sich nur selten blicken. Das würde sich jetzt ändern.

Gerechterweise musste er zugeben, dass sie nie etwas dagegen hatte, wenn er sich mit den Jungs traf. War es ihr egal? Grübelnd setzte er sich hinters Steuer und hätte fast einen Fahrradfahrer übersehen, als er auf die Straße bog.

Als Luis am nächsten Samstag aufwachte, musste er sich orientieren, denn es war finster im Schlafzimmer. Die beiden letzten Tage hatte er den Rollladen wie gewöhnlich offengelassen. Gestern jedoch hatte er ihn geschlossen. Mila hasste das, sie wollte vom Tageslicht geweckt werden. Er nicht. Ausschlafen war mit Mila praktisch unmöglich.

Ein Lächeln huschte über sein Gesicht, wenn er daran dachte, wie sie morgens Kaffee kochte. Das Küchenradio lief und sie trällerte die Lieder mit. Falsch, aber mit Begeisterung. Sonst nervte ihn ihre übertriebene Fröhlichkeit morgens, jetzt fehlte sie ihm. Wo Mila auch hinkam, verbreitete sie gute Laune.

Automatisch kontrollierte er seine Mails. Nichts.

Er verschränkte die Hände hinter dem Kopf und starrte an die Decke, die er nur erahnen konnte. Wenn er die Augen schloss, meinte er, ihre Fingerspitzen zu spüren, wie sie zärtlich seine Wangen streichelten.

Und ihre Guten-Morgen-Küsse, die so federleicht waren, dass er oft dachte, sie nur geträumt zu haben.

Wohin war sie gefahren? Er kaute auf der Unterlippe.

„Wo steckst du? Bitte melde dich", schrieb er ihr.

Sein Kumpel hatte einen Kompromiss vorgeschlagen.

Erst ein paar Tage Sklavenarbeit bei seiner Mutter, dann Sonne, Meer und Sandstrand.

Badeurlaub fand Luis langweilig.

Er stand auf und wanderte durch die kleine Wohnung.

Im Flur hing ein Bilderrahmen, dem Mila ständig Fotos hinzufügte. Auf den meisten Bildern waren sie zusammen drauf, auf einem Mila mit ihrer Schwester, die auf einem Berg am Chiemsee mit ihrem aus Italien stammenden Ehemann ein Gasthaus betrieb.

Dort könnte Mila sein, schoss es Luis durch den Kopf. Er eilte in die Küche, durchsuchte die Zettel am Magnetboard nach einer Telefonnummer. Verflixt, warum hatte er nie nachgefragt?

Letzten Sommer hatten sie sich mit Milas Schwester am Chiemsee getroffen. Gott sei Dank auf dem Parkplatz der Talstation. Luis litt unter Höhenangst.

Abermals checkte er seine Mails.

Den Parkplatz würde er wiederfinden, da war er sich sicher. Mila und er mussten miteinander reden. Er zog sich hektisch an, verhedderte sich in den Hosenbeinen, kam ins Stolpern. Er fluchte, presste die Kiefer aufeinander, bis es schmerzte.

Normalerweise war er ein besonnener Fahrer, heute jedoch schienen sich alle gegen ihn verschworen zu haben.

Sich mittags auf die Salzburger Autobahn zu wagen, war allerdings ziemlich dämlich. Vor allem während der Ferien. München musste heute wie ausgestorben sein. Wäre Mila hier, würde sie ihm die Hand auf den Arm legen und ihn mit irgendeiner kleinen Anekdote zum Lachen bringen.

Aufatmend verließ er die Autobahn und reihte sich in den Ausflugsverkehr auf der Landstraße ein. Er versuchte, den Blick stur auf die Straße zu heften, nicht auf die beeindruckende Kulisse. Beim bloßen Denken an die Berge bekam er Schweißausbrüche. Seine Hände umklammerten das Lenkrad fester.

Er fand den Parkplatz auf Anhieb, stellte den Wagen ab und suchte sich eine der Umgebungstafeln. Drei Gasthäuser kamen in Frage, aber er konnte sie unmöglich alle drei abklappern. Zögernd ging er auf die Kasse der Talstation zu.

130

„Berg- und Talfahrt?", wollte die Dame hinter der Glasscheibe in Dirndl, aber mit unverkennbar sächsischem Dialekt wissen. „Letzte Bahn geht um sechzehn Uhr."

„Nur eine Auskunft", sagte er und fügte „erstmal" hinzu, als er bemerkte, dass die Sächsin die Stirn runzelte.

„Nu?"

„Wissen Sie zufällig, ob eines der Gasthäuser da oben einen italienischen Wirt hat?"

Sie nickte. „Gipfelglück."

„Kommt man da zu Fuß hin?"

„Kann man ooch. In sechs Stunden is ma oben."

Er holte tief Luft. „Dann hin, bitte."

Bereits jetzt spürte er, dass sich sein Magen zusammenzog.

Er ließ sich mit der Masse in Richtung Gondel schieben. Sein Herzklopfen ging in Herzrasen über. Vorsichtig setzte er einen Fuß auf das metallene Gitter. Und zog ihn sofort wieder zurück. Es ging nicht. Im letzten Augenblick überlegte er es sich anders und trat beiseite.

Nachdem mehrere Kabinen ohne ihn nach oben geschwebt waren, zog der Liftwart die Augenbrauen hoch, so dass sie fast unter dem blonden Haaransatz verschwanden.

„Wird des heit no was?"

Luis versuchte zu lächeln und stieg in die nächste ein.

Der Schweiß lief ihm über Stirn und Rücken. Sein Shirt klebte am Körper. Er stand mit dem Rücken zum Fenster, den Blick fest auf seine Füße gerichtet. Sein Puls war garantiert höher als beim Marathon. Ihm war schlecht.

Wäre Mila hier, würde sie seine Hand halten und ihn ablenken.

Quatsch! Wäre sie da, bräuchte er nicht hinauf.

›Gipfelglück‹, dämlicher Name.

Als die Kabine Luis und die übrigen Passagiere wieder ausgespuckte, lehnte er sich gegen eine Mauer. Atmete tief ein und aus. Versuchte, seinen Herzschlag zu beruhigen und die mitleidigen Blicke zu ignorieren.

Ein breiter Wanderweg führte direkt zum ›Gipfelglück‹. Er wusste nicht genau, was er sich vorgestellt hatte, einen so großen Berggasthof jedenfalls nicht.

Die Nachmittagssonne spiegelte sich in den Fenstern.

Lichtpunkte tanzten auf den Blumen in den Kästen. Idylle pur - ließ man die Lage außer Acht.

„Luis!"

Er drehte sich um und stand seiner Schwägerin-in-spe gegenüber.

Ihr rundes Gesicht war gerötet und in den Händen balancierte sie ein Tablett mit dreckigem Geschirr.

„Servus! Ein Dickkopf b`sucht den andern." Sie grinste breit. „Der Klügere gibt nach. Sie ist beim Brunnen."

Mit einem Kopfnicken deutete sie in die entsprechende Richtung. „Sorry, a Bedienung is krank, i muas einspringen. Mia redn später!"

Die tiefstehende Sonne blendete. Er kniff die Augen zusammen. Von hier konnte er Mila nicht entdecken. Erst als er den Brunnen fast erreicht hatte, sah er sie unter einem Baum sitzen, mit dem Rücken an den Stamm gelehnt.

„Hallo, Mila!"

Wie eine Feder schnellte sie hoch, stolperte ihm entgegen und schlang die Arme um seinen Hals.

„Es tut mir leid", murmelte sie.

„Was genau?"

„Der dumme Streit", erklärte sie. „Du hast recht, wir sollten mit der Hochzeit warten. Bis wir uns hundertprozentig sicher sind. Du magst Ostsee, ich Berge. Du gehst ins Studio, ich lieber joggen. Du willst den Rollladen unten haben, ich oben. Zu viele Unterschiede."

Vor einer Woche waren genau das seine Gedanken gewesen. Aber jetzt ...?

Er löste ihre Arme und starrte sie enttäuscht an. „Ich bin auf diesen Scheißberg gestiegen und du ..."

So hatte er sich die Versöhnung nicht vorgestellt.

Sie zog ihn zu einer Bank, von der man ins Tal sah. „Wie bist du hier rauf gekommen?"

„Mit der Gondel. Ich bin tausend Tode gestorben." Wenn er daran dachte, brach ihm erneut der Schweiß aus.

„Extra wegen mir? Trotz deiner Höhenangst? Wow."

Die Sonne ging unter und tauchte den Chiemsee in orangerotes Licht. Das Wasser schien zu brennen. Ein beeindruckendes Schauspiel. Ihm war feierlich zumute. Er holte tief Luft.

„Mila, wenn du unbedingt in die Karibik willst ..."

„DomRep brauch ich nicht", unterbrach sie ihn lächelnd und legte sanft die Hand auf seine. „Der Chiemsee tuts auch. Und hin und wieder die Ostsee."

Wie hatte er dieses Lächeln in den letzten Tage vermisst.

Sie zwinkerte ihm zu. „Oder Urlaub in den Bergen."

Er schüttelte den Kopf. „Bei aller Liebe ... Urlaub hier oben? Never."

Sie lachte so sehr, dass die Bank wackelte. Er krallte sich am Holz fest.

„Aber du musst zugeben, dass es hier schön ist", sagte sie, als sie sich von ihrem Lachflash erholt hatte. „Die Aussicht vom Gipfel der Kampenwand ist noch beeindruckender. Muss man allerdings ein bisserl kraxeln."

Sie sprang von der Bank auf und zog ihn hoch. „Komm, lass uns zurückgehen. Wird langsam frisch."

Erst jetzt fiel ihm auf, dass ihm kalt war. In der Eile hatte er vergessen, eine Jacke mitzunehmen. „Warum heißt der Gasthof eigentlich ›Gipfelglück‹?"

„Gipfelglück ist das Hochgefühl, das man empfindet, wenn man den Gipfel erreicht hat", erklärte sie. „Ich finde, es passt."

Er fasste Milas Hände. „Du bist mein Gipfelglück." Er zog sie an sich, spürte ihre Wärme und ihren Atem an seinem Hals.

„Klingt kitschig", sagte sie. „Aber mir geht's genauso."

„Gipfelglück mal zwei", stellte er grinsend fest.

Hand in Hand gingen sie zurück.

ENDE

Letzter Sommer

Von Werner Hajek

Das wird also unser letzter Sommer, dachte er.

Sie lagen im Windschutz der Strandmuschel und ließen sich die Sonne auf den Rücken brennen. Er bewunderte aus den Augenwinkeln ihre schon makellos braune Haut.

Er hatte das quälende Bedürfnis, sie zu berühren, aber er wagte es nicht. Doch immerhin wusste er seit der zufälligen Begegnung gestern mit dem Hausarzt, was zwischen ihnen stand.

Er würde mit ihr reden müssen, aber wie anfangen?

Unser zweiter Sommer wird also unser letzter sein, dachte sie. Da lag Jens nun in Lebensgröße neben ihr, mit der käsigen Haut des ersten Strandtages. Auch diesmal war er erst für die zweite Woche nachgekommen, der Job gab nicht mehr Urlaubszeit her.

Die Begrüßungsumarmung am Mittag war flüchtig gewesen, fast steif. Im letzten Urlaub hatten sie sich anders begrüßt, sehr viel anders.

Ob er etwas ahnte? Sie musste noch heute mit ihm reden, aber wie?

Er grübelte. Das Problem mit Anna war ihre konsequente Aufrichtigkeit. Unehrlichkeit würde sie nie verzeihen, nicht sich und nicht ihm. Lügen waren das Trauma aus Annas gescheiterter Ehe.

Ihre Gedanken kreisten um das immergleiche Mantra:

Er würde ihr alles verzeihen können, nur das Verschweigen nicht. Da war sie sicher. Hätte sie ihm gleich etwas gesagt, wäre es vielleicht anders. Aber sie hatte ihn nicht verletzen wollen. Jetzt saß sie in der Falle.

Wer hätte auch ahnen können, was aus Janneks Anruf entstehen würde? Jannek war ihr Exmann, Vater ihrer inzwischen fast erwachsenen Kinder. Überraschend hatte er angeboten, sie könne sich die Fotoalben holen, die er nach der Trennung behalten hatte.

Sie traf den Mann in einer merkwürdigen Stimmung an, hilflos, schutzbedürftig und am Ende, sein Apartment ein einziges Chaos. Aus Mitleid landete sie in seinem schmuddeligen, zerwühlten Bett.

Zwei Tage später war er tot, mit dem Auto gegen einen Baum gefahren. Die Polizei glaubte an einen Unfall, Anna wusste es besser.

Und jetzt war sie schwanger. Rein rechnerisch konnte es nicht von Jannek sein. Aber Jens hatte sich vor Jahren sterilisieren lassen. Und andere Männer gab es nicht. Der Fall war also klar.

Abtreiben würde sie nicht. Das hatte sie einmal gemacht, und bei diesem einen Mal sollte es bleiben.

Er hatte in der ersten Nacht gelogen, als er behauptet hatte, dass er sterilisiert wäre. Er hatte nicht zum störenden Kondom greifen wollen, aus der irrationalen Angst, gerade bei dieser Frau zu versagen. Heute verfluchte er sich dafür.

Danach war es zu spät für die Wahrheit gewesen. Das hatte er schnell herausgefunden, dass sie Lügen nicht ertrug.

Also hatte er sich zu einem heimlichen Experten für unfruchtbare Tage entwickelt. Riskant war das schon, aber bisher hatte es geklappt. Bisher.

„Ich habe unserem Doktor getroffen", sagte er schließlich, ohne sie anzusehen, „er wusste ja nicht, dass du mir nichts … also, er hat es mir versehentlich verraten."

Auch sie sah ihn nicht an. Es schien ihr der schlimmste Augenblick ihres Lebens. Gleich würde der Himmel einstürzen.

„Ich weiß", sagte er unbeholfen, „dass du mir das nicht verzeihen kannst, ich meine, dass ich gelogen habe, in der ersten Nacht, ich meine das mit der Sterilisation."

Sie vergrub ihr Gesicht tiefer in ihr Badetuch.

Die Welt stand still, aber der Himmel war nicht eingestürzt. Sie unterdrückte ein hysterisches Kichern, während ihr die Tränen in die Augen schossen. Der Lautsprecher der Badeaufsicht warnte verspätete Wattläufer vor der aufkommenden Flut.

Er merkte nur, dass ihre Schultern zuckten. Er fühlte sich leer und konnte nicht verstehen, dass rundum das Leben einfach so weiterging. Er musste lange warten, bis sie endlich sprach.

„Das wird also unser letzter Sommer zu zweit?" fragte sie, und verblüfft hörte er eine vorsichtige Freude in ihrer Stimme.

ENDE

Trocadero

von Jana Rösner

Pia stieg die Treppe der Métro-Station hoch.

Auf der Straße angekommen strahlte sie sogleich mit der Sonne um die Wette. Dies war ihr absoluter Lieblingsplatz - mit direktem Blick auf den Eiffelturm.

Sie ging auf dem asphaltierten Platz entlang und machte Fotos von einigen Asiaten, die ihr einen Fotoapparat in die Hand gedrückt hatten.

Das Frühlingswetter wärmte ihre Seele und beim Blick auf das Wahrzeichen schmolz sie wie jedes Mal dahin. Ein paar Tage im Jahr gönnte sie sich hier Erholung, fern ab von Bürolärm und drängelnden Kunden. Sie ging ans Ende des Platzes, bewunderte den imposanten Springbrunnen, der die Kulisse abrundete, und stieg die Treppen herab. Im Jardin du Trocadéro breitete sie die Decke, die sie extra mitgebracht hatte, im Gras aus. Sie setzte sich und hielt das Gesicht mit geschlossenen Augen den wärmenden Strahlen entgegen.

Sie bekam einige Tropfen Wasser vom Springbrunnen ins Gesicht und genoss die Abkühlung. Auf dem Gras waren Schritte zu hören, die neben ihr verebbten.

Sie setzte sich auf und erkannte ihn sofort. Es war der unhöfliche Typ, der ihr im Hotel das letzte Zimmer mit Blick in den Garten vor der Nase weggeschnappt und dann fies gegrinst hatte.

„Hi", sagte er mit einem Lächeln, und sie musste zugeben, dass er in dem weißen Hemd und mit der braun gebrannten Haut nicht schlecht aussah. Außerdem klang seine Stimme sympathisch. Doch sie ließ sich nicht blenden. Typen wie ihn kannte sie bereits, und die Erinnerung an David war noch zu frisch.

Er hatte super ausgesehen, seine Stimme war ein Traum, und wenn er sein Hemd auszog ... naja, die Bilder holte sie lieber nicht hervor.

Nach zwei Jahren Beziehung hatte David ihr offenbart, dass er wegen eines blöden Zufalls einen Berg Schulden hatte. Sie war naiv genug gewesen, ihm all ihre Ersparnisse zu geben, um dann festzustellen, dass er von verschiedenen Frauen Unmengen Bares erbeutet hatte, und schon über alle Berge war. Und nun stand hier genauso ein Mann vor der Sonne und grinste frech.

„Hat Sie jemand eingeladen?", fuhr sie ihn an.

„Nein, aber ich dachte, wo ich Sie schon sehe, könnten wir auch unser Kriegsbeil begraben." Er lächelte, als hätte er ihren finsteren Blick nicht bemerkt.

„Pah. Dass ich nicht lache. Sie haben mir erst mein Zimmer weggeschnappt und dann heute Morgen den letzten freien Frühstückstisch. Fast wirkt es, als wollten Sie mich absichtlich ärgern."

„Das Zimmer war nicht auf Ihren Namen reserviert", entgegnete er erstaunt und sie fand, dass es ehrlich klang.

Außerdem musste sie sich eingestehen, dass sie jedes Mal so blauäugig war und ohne Reservierung herkam.

„Ich fand es außerdem ganz nett, als wir uns den Tisch beim Frühstück geteilt haben", sprach er weiter, als keine Antwort von ihr kam. Seine Stimme war eine Spur leiser geworden und sein Blick ruhte auf ihr, als wünschte er sich tatsächlich eine Versöhnung. Dann hatte er auch noch die Stirn, sich ungefragt zu ihr auf die Decke zu setzen.

Pia schnappte nach Luft.

„Geht es Ihnen nicht gut?" Sein Tonfall klang besorgt, und so charmant, als spräche er mit einer Dame. Sie musste ihn sofort von ihrer Decke fortjagen, sonst würde sie noch anfangen, ihn zu mögen.

Sie straffte sich. „Sie können sich Ihr freches Grinsen abgewöhnen. Morgen gehe ich einfach etwas eher zum Frühstück, vielleicht habe ich dann meine Ruhe." Sie schaute in eine andere Richtung. „Ich kann mich übrigens nicht erinnern, Sie eingeladen zu haben, sich zu setzen."

Der Springbrunnen setzte diesmal nicht zu einer neuen Fontäne an und Pia mochte die Stille nicht, die dadurch entstand. Ihr war unbehaglich zumute und sie wollte, dass der Mann verschwand. Kühl sah sie ihn an, eine Augenbraue auffordernd angehoben.

Er räusperte sich. „Was halten Sie von einem gemeinsamen Abendessen?"

„Was?", entfuhr es ihr. Sie hatte mit einigem gerechnet, doch damit nicht.

„Naja, ich habe scheinbar einiges gutzumachen, wenn ich Ihren Blick richtig deute."

„Sie glauben doch wohl nicht, dass ich mit Ihnen essen gehe?" Pia war entsetzt ob der Dreistigkeit dieses unverschämten, gutaussehenden, charmanten ...

„Habe ich etwas im Gesicht?" Er berührte forschend seine Wange und rieb sich über die Nase.

„Wie bitte?"

„Na, Sie starren mich so an, als hätte ich da etwas. Und es wäre doch nur nett, mir das dann auch zu sagen - damit ich nicht den ganzen Tag mit einem Fleck im Gesicht umherlaufe, meine ich." Er grinste verschmitzt.

Sie musste unwillkürlich schmunzeln, und betrachtete den Mann vor ihr genauer. Dieser Adonis auf ihrer Decke in dem saftig grünen Garten ... Das war ein Anblick, der ihr durchaus gefiel. Auf dem Spazierweg neben ihnen kreischten spielende Kinder und er lächelte, als er einen Blick hinüberwarf. Die Szene wirkte so perfekt wie in einem Werbespot.

Er sah von den Kindern zurück zu ihr. „Also, was ist mit dem Abendessen?"

„Vergessen Sie's." Trotzig wandte sie sich ab.

Gleichzeitig fand sie sich selbst ein wenig albern. Der Fremde schien wirklich nett zu sein. Doch das war auch David am Anfang gewesen ...

Vorsicht ist besser als Nachsicht, rief sie sich ins Gedächtnis. Noch so eine Enttäuschung würde sie nicht verkraften.

Der Fremde, mit dem sie gefrühstückt hatte, rückte ein Stück zu ihr heran, umfasste mit Zeigefinger und Daumen ihr Kinn und drehte sanft ihren Kopf zu sich herum.

Sie wollte aufbegehren, doch als sich ihre Blicke trafen, verkümmerte der Protest auf ihren Lippen. Sie sah Zuneigung in seinen blauen Augen, keine Berechnung.

Sein Gesicht kam langsam näher, und wie von selbst schlossen sich ihre Lider. Als sein Mund sanft den ihren berührte, erschauerte sie und registrierte mehr unbewusst das laute Sprudeln, das jetzt wieder vom Brunnen kam. Auch das Kreischen und Lachen um sie herum klang wegen des

Rauschens in ihren Ohren so, als wäre es meilenweit entfernt. Ihr Herz raste.

Doch dann meldete sich unerwartet ihr Verstand zu Wort. Was tat sie da eigentlich? Sie ließ sich von jemandem küssen, den sie überhaupt nicht kannte! Pia riss die Augen auf, löste sich von dem Mann ihr gegenüber und gab ihm eine schallende Ohrfeige.

„Aua!", rief er aus, legte eine Hand an seine Wange und starrte sie an.

„Oh!" Erschrocken über ihre heftige Reaktion fuhr ihre Hand vor ihren Mund. Oh Gott, was war nur los mit ihr?

Bestimmt hatte er jetzt genug, und verschwand genauso schnell, wie er aufgetaucht war. Verübeln konnte sie ihm das nicht. Sie benahm sich wirklich wie eine Verrückte.

Pia wollte gerade zu einer Entschuldigung ansetzen, als er zu ihrer Überraschung anfing, herzhaft zu lachen. Grübchen bildeten sich in seinen Mundwinkeln und in seinen Augen glitzerten Lachtränen.

Pias Anspannung löste sich und auch sie prustete los. Sie war erleichtert, dass er die Sache mit Humor nahm.

„Ich heiße übrigens Victor", sagte er, noch immer lachend.

Pia strahlte ihn an. „Wie war das mit dem Abendessen?"

ENDE

Liebeszauber & Küchenmagie

von Charlotte Armao

Am Morgen steht Rajinder früh auf. An Schlaf ist nicht mehr zu denken. Er bindet seine blauschwarzen Haare zu einem Knoten zusammen, damit sie ihm beim Kochen nicht stören. Dann beginnt er Kreuzkümmel, Kurkuma, Chili, Ingwer und Zimt zu zerstoßen, verrührt alles in einer Glasschüssel mit Joghurt, und legt Hühnerkeulen hinein, um sie ein paar Stunden in der Creme ziehen zu lassen.

Rajinder seufzt tief. Es ist noch nicht allzu lange her, seit er von einem zweiwöchigen Urlaub auf Goa zurückgekehrt ist. Obwohl es der Ort seiner Träume war - märchenhafter Sandstrand, wunderschöne Mädchen, Apartment mit Meeresblick – war er dort unglücklich. Innerlich so leer.

Leyla war nicht da. Im Nachhinein ärgerte er sich, sie nicht mitgenommen zu haben. Doch sein größter Fehler war es, so lange damit zu warten, ihr seine Liebe zu gestehen.

Er hat es erst vor wenigen Tagen getan, kurz nach seiner Urlaubsrückkehr, als es schon zu spät war.

Das was er im Film wohl hundertmal zu ihr gesagt hat, hat er im wirklichen Leben völlig vermasselt.

Die Sympathie zwischen ihm und der zauberhaften Leyla war einer der Gründe, weshalb Starregisseur Jamal sie beide immer ‚das' Liebespaar in seinen Produktionen spielen ließ. Rajinder denkt an all die Umarmungen, die

Momente inniger Nähe und Liebesschwüre, die sie als Schauspieler schon miteinander ausgetauscht haben.

Na ja, Freiheit und Unabhängigkeit waren ihm bisher immer wichtiger als eine Beziehung. Aber mit Leyla ist es anders. Rajinder würde nun so gerne die Zeit zurückdrehen, um diesen größten Fehler seines Lebens wieder gut zu machen.

Obwohl er weiß, dass auch Leyla ihn liebt, ist jetzt alles mit einem Schlag aus. Und das nur wegen …

Ein quälendes „Wie-es-hätte-sein-können"-Bild taucht vor Rajinder auf: Leyla, wie sie auf einem Segelboot neben ihm steht, in einem türkisfarbenen Bikini, der wunderbar zu ihrer karamellfarbenen Haut passt, ihre großen, glänzenden Augen und die feinen Gesichtszüge. Der Wind zerzaust ihr glänzendes, blauschwarzes Haar.

Wie bezaubernd ist noch die kleinste ihrer Handbewegungen, und wie verführerisch ihr biegsamer Körper!

Doch das alles ist nur Illusion. Die Realität ist: Heute wird er Leyla das letzte Mal sehen.

Die Tränen, die ihm die Sicht verschleiern, kommen gewiss nicht nur von den eher milden Zwiebeln, die er als Basis für drei Soßen zerhackt: Pürierter Spinat mit Curry und Obers. Scharf gewürzte Linsen in Kokosmilch. Zuletzt Karotten, Paprika und Tomaten mit Gewürznelken und Pfeffer im Tontopf geschmort.

Er befindet sich in einer hoffnungslosen Situation. Leylas Eltern haben, während er sich unter Palmen von schönen und nichtssagenden Mädchen Kokosnussdrinks servieren ließ, eine Ehe für sie arrangiert - üblich in fast allen indischen Familien, auch wenn diese im Ausland leben. Leylas

Karriere beim Film, ihre gemeinsame künstlerische Arbeit und die zart aufkeimende Liebe sind damit zu Ende.

Er erinnerte sich wehmütig an den Tag, als er von Leylas bevorstehender Eheschließung erfahren hatte.

„Was ist nur los mit dir?", hatte er sie gefragt, als sie während des Drehs einer Hochzeitsszene wie ein Schaf auf dem Weg zur Schlachtbank aussah.

Nach kurzem Zögern verriet sie ihm, was ihr solchen Kummer machte.

„Ich muss heiraten und mit meinem Zukünftigen, einem alten Geschäftsmann, nach Indien gehen."

„Was?" Rajinder war wie vor den Kopf geschlagen.

Er bat Jamal um eine kurze Drehpause und führte Leyla in seine Garderobe.

„Ich will ihn nicht heiraten!", rief sie weinend, nachdem die Tür hinter ihnen ins Schloss gefallen war. „Ich muss. Du kennst doch die Traditionen. Die Ehe wurde bereits arrangiert, als ich noch ein Kind war. Ich wusste es, habe es aber nicht wirklich ernst genommen. Meine Eltern haben kaum davon gesprochen. Aber nachdem der Typ in den letzten Jahren viel Geld gemacht hat, hat meine Familie beschlossen, ernst zu machen. Es gefällt ihnen auch nicht mehr, dass ich beim Film Karriere mache. Sie finden es unseriös." Leyla schluchzte, und die Wimperntusche lief ihr in schwarzen Steifen übers Gesicht.

Er war entsetzt. „Ich brauche dich aber!", rief er. „Ohne dich kann und will ich nicht leben."

Leyla sah ihn so traurig aus ihren Gazellenaugen an, dass sich der Blick tief in sein Herz brannte.

„Glaub mir, ich würde sofort mit dir gehen, Raji. Ich liebe dich auch. Doch es ist zu spät. Die Vorbereitungen laufen bereits."

Verzweifelt war sie in seine Arme gesunken, und er hatte sie festgehalten, sie wie ein Kind hin- und hergewiegt, während seine Gedanken Amok gelaufen waren.

Sogar der Gedanke an eine Entführung war ihm durch den Kopf geschossen.

Und dann hatte er sie umarmt, als wollte er sie nie wieder hergeben.

Es war nicht das erste Mal gewesen, dass sie einander so nahe waren. Unzählige rührselige Liebesdramen hatten sie schon miteinander gespielt, sich vor der Kamera ebenso häufig geküsst.

Nur diesmal war es die echte Liebe und keine Rolle.

Rajinder schrie auf: Um ein Haare wären ihm die Soßen angebrannt. Er scheuchte die Gedanken an Leylas baldige Heirat beiseite, konzentrierte sich wieder und schabte noch schnell ein paar Gurken für das Raita, eine Joghurtsoße mit Kreuzkümmel.

Nach Leylas Eröffnung hatte er einige schlaflose Nächte verbracht und sich geschworen, alles zu tun, um diese Heirat zu verhindern. Es war ihm damit bitterernst. Doch er ahnte, dass er gegen Reichtum und alte Traditionen keine Chance hatte.

In seinem Kummer hatte Rajinder sich Jamal, dem Regisseur, der gleichzeitig sein Freund war, anvertraut. Der hatte aufmerksam gelauscht und Rajinder aufgetragen, bloß nicht vorzeitig aufzugeben.

„Ihr zwei seid ein Traumpaar, nicht nur privat, auch beruflich. Wegen euch schauen die Leute meine Filme."

Seine Miene nahm einen verschmitzten Ausdruck an. „Es ist also nur egoistisch von mir, wenn ich bei dieser Story für ein Happy End sorge - oder es zumindest versuche. Hör zu, ich glaube, ich habe eine Idee."

Und dann hatte er Rajinder seinen Plan erklärt.

Also hatte Rajinder Leyla für Samstagabend zu einem Essen eingeladen. Erst nach langem Zögern - Rajinder hatte mit Selbstmord gedroht - hatte sie zugesagt. Sie meinte, es würde ihren Herzschmerz nur noch vertiefen, wenn sie ihn wiedersehen würde.

Das Essen sollte ganz speziell zubereitet werden, deshalb hatte Rajinder im indischen Viertel Londons eine bestimmte Gewürzhändlerin, eine Freundin Jamals, aufgesucht.

Kaum war er in Tajebas heimeligen Laden eingetreten, umfing ihn ein intensiver Duft. Inmitten von getrockneten Pflanzenbündeln, Bergen von Rosen- und Hibiskusblüten, roten Chili- und weißen Knoblauchketten sowie Stapeln bunter Dosen und Schachteln machte er eine winzige, weißhaarige Frau aus.

„Du siehst so traurig aus", sagte sie statt einer Begrüßung. „Bist du unglücklich verliebt?"

Hatte Tajeba wirklich, wie Jamal ihm erzählt hatte, spezielle Zauberkräfte? Rajinder konnte es nur hoffen. Er fasste sich ein Herz und erzählte ihr alles.

Die zierliche Dame hatte ihn mitfühlend angesehen und seine Hand genommen: „Dich hat es aber schlimm erwischt, mein Junge! Ich hab' nicht arrangiert geheiratet und bin sehr froh darüber. Obwohl es keine Garantie für das Glück gibt, sollte doch jeder für seine wahre Liebe kämpfen. So, und nun gebe ich dir alles, was du für dein Wunder brauchst."

Sie hatte ihm ein kleines Päckchen mit Gewürzen zusammengestellt, die alle einem wirkungsvollen, magischen Ritual unterzogen worden waren, wie sie glaubhaft beteuerte.

Während Rajinder auf den Jasminreis reichlich von Tajebas magischer Safranbrühe tröpfeln ließ, klingelte es zaghaft. Er stürzte in der Küchenschürze zur Tür und öffnete.

Überrascht sah er seine sonst immer sehr extravagant gekleidete Freundin an. Leyla trug ein graues T-Shirt, eine abgetragene Hose und war ungeschminkt, wodurch sie unglaublich jung und verletzlich wirkte.

Als Rajinder sie auf die Wangen küssen wollte, senkte sie den Kopf. Er sah aber sofort den blauroten Fleck auf ihrem Gesicht.

„Wer war das?", fragte er wütend.

„Mein Bruder Kumar", schluchzte sie.

Rajinder zog Leyla sanft ins Wohnzimmer, und gemeinsam setzten sie sich aufs Sofa.

„Whisky mit Eiswürfeln?", fragte er.

Sie nickte und er schenkte gleich für sie beide ein.

„So und jetzt erzähl' mir alles", drängte er.

„Kumar ist es, der meine Eltern Tag und Nacht beschwatzt, ich solle diesen Alten endlich heiraten, denn er will ihn als Geschäftspartner haben. Kumars kleine Lebensmittelfirma steht kurz vor der Pleite, und deshalb haben jetzt auch meine Eltern Existenzängste. Du weißt ja, wie die alten Leute sind. Kumar versteht es glänzend, ihre Panik noch zu schüren."

„Weiß dein Bruder, dass du bei mir bist?", fragte Rajinder.

„Natürlich nicht. Ich sagte, ich will eine Freundin besuchen. Deshalb habe ich mich ja auch so angezogen." Leyla sah an sich herab und errötete.

„So bist du noch viel schöner!" Rajinder widerstand dem Impuls, sie in die Arme zu nehmen.

„Kumar wollte mich in der Wohnung einsperren. Als ich mich gewehrt habe, hat er mich geschlagen. Mein eigener Bruder!"

Eine ohnmächtige Wut stieg in Rajinder hoch. „Das wird er bitter bereuen", knurrte er.

„Aber dann ist Vater dazwischen gegangen und hat gesagt, dass er jetzt zu weit geht. Fast wäre Kumar auch auf ihn losgegangen, aber dann hat er sich doch eingekriegt. Ich musste ihm aber die Adresse von meiner Freundin geben. Er erwartet mich in zwei Stunden zurück, sonst wird er mich holen kommen."

„Ich werde dich persönlich nach Hause bringen, und dann kann dein Bruder was erleben!"

Plötzlich begannen Leylas Augen mutwillig zu glitzern.

„Das wird vielleicht nicht nötig sein", schmunzelte sie. „Rate mal, was für eine Adresse ich meinem Bruder gegeben habe."

Rajinder sah sie fragend an.

„Die von Maryam. Ich hatte sie vorsichtshalber angerufen, nachdem ich deiner Einladung zugesagt hatte. Sie ist also vorgewarnt und natürlich macht sie mit, du kennst sie ja. Maryam wird Kumar eine glaubwürdige Story erzählen, falls ich nicht rechtzeitig heimkomme."

Leyla konnte ein schadenfrohes Lächeln nicht unterdrücken, und Rajinder war froh, sie wieder heiter zu sehen.

Maryam war eine Schauspielkollegin und außerdem Leylas beste Freundin. Außerdem war sie sehr attraktiv. Vermutlich würde sie Leylas Bruder mit Unschuldsmiene eine tolle Lügengeschichte auftischen, während sie dabei mit ihren langen Wimpern flatterte, ihm verheißungsvolle Blicke zuwarf und ihn ganz zwanglos auf einen Tee zu sich bat.

Rajinder richtete nun das Essen an und entzündete eine rote Duftkerze.

Während Leyla hingebungsvoll aß, sah er ihr die meiste Zeit nur zu. Er selbst brachte kaum einen Bissen hinunter.

„Schmeckt es dir?", wollte er wissen.

„Göttlich! Was hast du da reingetan?"

„Einen Liebeszauber!", flüsterte Rajinder. „Möchtest du noch weiter von meinen magischen Speisen kosten?"

„Ich hatte schon zwei ganze Teller voll! Langsam kann ich nicht mehr", lachte sie. „Gut, dass ich heute kein enges Kleid angezogen habe!"

Rajinder rutschte näher an sie heran. „Du bist so unendlich süß", sagte er rau und drückte sie an sich.

„Raji, das wird schlimme Folgen haben", sagte sie, küsste ihn dann aber leidenschaftlich, und beide vergaßen schnell die Welt um sich herum.

Rajinder hob sie ohne große Mühe in seine Arme und trug sie zu seinem Bett.

„Irgendwann muss ich mich wohl bei der Familie melden", murmelte Leyla in der Früh, während sie unter der Decke ihren weichen, glatten Körper an Rajinder schmiegte, und sie gemeinsam dem Londoner Dauerregen lauschten, der gegen die Fensterscheiben prasselte.

„Ich habe da so eine Idee", lächelte er verschmitzt, stand auf und ging in die Küche. Dort setzte er Kaffee auf, brutzelte Spiegeleier in einer Pfanne und buk Nanbrot, das er mit flüssiger Butter bestrich.

Nachdem sich Leyla und Rajinder gestärkt hatten, verbrachten sie den Rest des nasskalten Tages zwischen kuscheligen Daunen und liebten sich, bis sie am Abend engumschlungen einschliefen.a

Jamals Plan folgend sollten Rajinder und Leyla drei Tage später von einer Filmjury den Preis als beste Hauptdarsteller bekommen. Nur Jamal hatte es mit seinem Einfluss als Regisseur geschafft, dieses Ereignis um ganze zwei Monate vorzuverlegen.

Rajinder war seinem Freund unendlich dankbar für seinen Einfallsreichtum. Leylas Eltern kamen ebenfalls - Jamal hatte es sich nicht nehmen lassen, sie als Ehrengäste einzuladen, und hatte sie persönlich mit seinem Royce-Royce abgeholt.

Rajinder betrachtete die beiden Alten, die an der mit Essen überladenen Festtafel saßen. Sie wirkten ein wenig unsicher zwischen all den schwatzenden Schauspielern und anderen Filmleuten, die Leylas Talente in den höchsten Tönen priesen.

Die Blicke, die sie ihrer Tochter zuwarfen, waren voller Stolz. Sie langten bei den Currys, die von Tajeba zubereitet worden waren, ordentlich zu.

Der Zauber der Gewürze schien seine Wirkung bei ihnen zu entfalten, denn ein heiterer Ausdruck breitete sich bald auf beiden Gesichtern aus.

Auf diesen Moment hatte Rajinder gewartet.

Er erhob sich, trat zu Leylas Eltern und kniete vor ihnen nieder: „Darf ich Sie um die Hand Ihrer Tochter bitten? Ich liebe Leyla mehr als mein Leben!"

„Oh Rajinder, ich liebe dich auch!" Diese Worte waren Leyla herausgerutscht, die sich gleich darauf erschrocken den Mund zuhielt.

Rajinder merkte, wie rundherum alles Gerede verstummte. Das war der kritische Augenblick, in dem sich alles entscheiden würde, und er hoffte inständig, ihn nicht durch seinen dramatischen Auftritt vermasselt zu haben.

Er merkte, wie sich alle Köpfe an der Festtafel gespannt zu ihm und den Eltern drehten.

Es war Leylas Mutter, die zuerst sprach.

„Wir leben heute in einer modernen Zeit. Unsere Tochter soll frei wählen dürfen!"

Der Vater sagte zwar nichts, nickte aber bestätigend.

Leyla konnte es kaum fassen: Erlöst stürzte sie ihren Eltern in die Arme, drückte beide fest an sich und küsste sie.

„Wo ist eigentlich Kumar?", fragte sie etwas später.

„Etwas Merkwürdiges ist passiert", berichtete der Vater. „Nachdem du nicht wie vereinbart nach zwei Stunden gekommen bist, hat er aus Zorn in der Wohnung einen Stuhl kurz und klein geschlagen. Dann ist er mit dem Auto zu deiner Freundin gerast, um dich zu holen. Seltsamerweise ist er dann aber nicht mehr zurückgekommen. Erst spät am Abend hat er angerufen und erklärt, alles sei gut und wir sollen uns keine Sorgen machen. Er hätte eine wundervolle Frau kennengelernt, sie hätte ihm die Augen geöffnet und neue Wege gezeigt! Seither haben wir ihn nicht mehr gesehen."

„Wie es aussieht wird es dann in der Familie vielleicht eine Doppelhochzeit geben, nicht wahr? Das würde ich doch gerne filmen", erklärte Jamal.

„Das erlaube ich aber erst, wenn mein Bruder eine Therapie gemacht hat", widersprach Leyla vehement, und flüsterte Rajinder zu, ob er glaube, dass Maryam wirklich Gefallen an ihrem aggressiven Bruder gefunden haben könnte.

Rajinder zuckte mit den Schultern. „Ich bin derzeit ziemlich schlecht auf ihn zu sprechen, mich darfst du also nicht fragen!"

„Vielleicht ist dein Bruder ein Rohdiamant und wird jetzt von der richtigen Frau geschliffen", meinte Jamal, der zugehört hatte.

Leyla nahm sich vor, mit Maryam noch ein ernstes Gespräch unter Frauen zu führen.

„So und jetzt habe ich noch ein kleines Geschenk für euch!" Jamal zog ein Kuvert heraus und überreichte es feierlich an Rajinder und Leyla.

Gespannt sah er zu, wie Leyla das Kuvert öffnete und ihre Augen zu glänzen begannen. Sie reichte es Rajinder, der den Inhalt überflog.

„Bist du verrückt Jamal, das können wir nicht annehmen!", rief er.

„Und ob ihr das werdet", erklärte Jamal in Befehlston. „Ein Monat Goa im Luxushotel am Strand. Nicht mehr und nicht weniger."

„Das ist viel zu großzügig von dir Jamal", sagte nun auch Leyla.

„Sag' das nicht. Es gibt nämlich eine Bedingung an Euch: Ihr werdet die Hauptrollen als Liebespaar in meiner neuen Historientrilogie ‚Tradition gegen Leidenschaft‘ spielen. Die Dreharbeiten werden an die drei Jahre dauern, und während dieser Zeit ..."

„Darf ich nicht schwanger werden", ergänzte Leyla.

Jamal nickte bestätigend. „So ist es. Ihr seid doch einverstanden?"

Alle am Tisch brachen in fröhliches Gelächter aus und gaben alle möglichen und unmöglichen Tipps zur Schwangerschaftsverhütung von sich.

Rajinder bemerkte, dass Leylas Eltern dabei ziemlich irritiert wirkten.

Schnell streute er noch eine Handvoll von Tajebas Zauberpulver über den Tisch.

Verschwörerisch zwinkerte er Leyla zu: „Zur Sicherheit, damit die Magie nicht allzu rasch verfliegt!"

ENDE

Blumen, Brot und Totenköpfe

von Britta Bendixen

„Da sind wir, Querida", sagt Pablo, und ich kann den Stolz in seiner Stimme hören. „Bienvenido en Amatlán."

Interessiert schaue ich mich um. Pablos Jeep holpert über das Kopfsteinpflaster einer Gasse, die links und rechts von mit bunten Blumen geschmückten Restaurants und Geschäften gesäumt wird. Vor uns erstreckt sich eine zerklüftete Felswand und davor sehe ich grüne Obstbäume und violette Bougainvillea. Dies ist mein erster Besuch in Mexiko, und schon die einstündige Fahrt von der Hauptstadt hierher hat mich begeistert. Dieses Land ist so farbenprächtig, so lebensfroh und lebendig, dass mir Deutschland dagegen trist und grau erscheint. Pablos rechte Hand drückt meine Linke, er strahlt mich an. „Und, Klara? Wie gefällt es dir?"

„Es ist wunderschön", sage ich ehrlich. „Mucho bonita."

Er lacht. Seine weißen Zähne glänzen in seinem braun gebrannten Gesicht und ich bin so glücklich, dass die Zeit der Trennung endlich vorbei ist.

Seit wir uns in Hamburg bei einer Halloweenparty kennengelernt und heftig ineinander verliebt haben, ist inzwischen ein ganzes Jahr vergangen.

Seit acht Monaten ist Pablo wieder in seiner Heimat, und bei unseren häufigen Telefonaten sowie in seinen Emails hat er mich immer wieder beschworen, ihn zu besuchen.

Also habe ich gespart, und nun konnte ich mir endlich den Flug hierher leisten. Für drei ganze Wochen werden wir zusammen sein und unsere Liebe genießen können.

Mein Herz hüpft vor Freude auf die vor uns liegende Zeit. Doch ich bin auch ein bisschen nervös, denn Pablo will mich seiner Familie vorstellen, die natürlich auch hier in Amatlán lebt. Seine Eltern, fünf Geschwister und deren Familien. Pablo hat mal gesagt, dass sie alle zusammen weit über zwanzig Personen sind.

„Ich bin der Jüngste und als Einziger noch nicht verheiratet", hat er mir vor kurzem am Telefon verraten. „Meine Eltern warten sehnlichst darauf, dass auch ich ihnen Enkelkinder schenke."

Seither spüre ich einen gewissen Druck. Ich bin sechsundzwanzig, liebe meinen Job als Lektorin, und wollte mir mit der Familiengründung eigentlich noch Zeit lassen.

Doch seit ich Pablo kenne, habe ich mich schon häufiger bei der Frage erwischt, wie es wäre, seine Kinder zu bekommen.

Pablo ist Freelancer und kann überall arbeiten. Doch das Familienunternehmen – eine in ganz Mexiko gut bekannte Töpferei – steckt in einer Krise, seit Pablos Vater erkrankt ist und nicht mehr arbeiten kann. Bis zum Ende des Jahres wird Pablo daher noch hierbleiben und seinen Geschwistern helfen müssen.

„Aber nächstes Jahr kann ich wohl wieder zu dir nach Hamburg", hat er mir versprochen. „Bis dahin kommen meine Brüder allein klar. Doch noch brauchen sie meine Erfahrung in Marketing und Management."

„Wie geht es deinem Vater inzwischen?", frage ich ihn nun, während wir bergan über einen ungepflasterten Weg holpern.

Sein Gesicht verdüstert sich. „Leider nicht gut. Der Krebs macht ihn schwach. Er ist dünn geworden und irgendwie so ... klein."

„Das tut mir leid", sage ich und drücke seine Hand. Wir biegen in eine größere Straße ein, in der viele Leute damit beschäftigt sind, Blumenschmuck zu verteilen.

„Was soll das?", frage ich Pablo neugierig, als ich merke, dass mehrere Schaufenster mit Skeletten und Totenköpfen dekoriert sind. „Feiert ihr hier auch Halloween?"

Pablo schüttelt den Kopf. „No. Momentan werden Vorbereitungen getroffen für den Dia de los muertos, den Tag der Toten. Eigentlich sind es mehrere Tage, heute Abend beginnen die Festlichkeiten. Ich habe ganz vergessen, dir davon zu erzählen, lo siento."

„Du musst dich nicht entschuldigen. Aber erzähl mir doch jetzt davon."

„Wir gedenken der Verstorbenen. Es ist der wichtigste Feiertag in unserem Land. Die Toten kommen für einige Tage aus dem Jenseits zurück und wir feiern ein Wiedersehen mit ihnen. Es wird musiziert, getanzt und sehr viel gegessen." Pablo klopft sich grinsend auf den Bauch.

„Bei den Kindern sind besonders die Calaveres de Azucar beliebt", fügt er hinzu und weist auf das Schaufenster einer Konditorei, die wir gerade passieren. Dort sehe ich einen Berg aus Broten, kleine Kuchen in Form von Gräbern und unzählige Totenköpfe.

„Die Schädel sind aus Zucker, Marzipan oder Schokolade. Das Brot, das du siehst, ist das Pan de Muerto. Ein sehr süßes Brot mit Anissamen."

Verrückt, denke ich, und sage: „Das klingt ein wenig makaber, aber auch interessant."

„Wir sehen den Tod als Teil des Lebens an", erklärt Pablo mir. „Das nimmt ihm seinen Schrecken. Er gehört für uns ganz einfach dazu. So, wir sind da."

Er fährt durch ein blumengeschmücktes Tor und hält vor einem großen Haus in knalligem Orange, dessen Wände ebenfalls mit Blumen und Totenköpfen geschmückt sind.

Ich komme mir vor wie in einem Halloween-Horrorfilm und steige mit gemischten Gefühlen aus dem Wagen.

Die weiß gestrichene und natürlich ebenfalls dekorierte Tür öffnet sich, und ein Pulk Kinder, begleitet von einigen Erwachsenen, strömt heraus. Die Kinder rennen jubelnd auf uns zu. Pablo begrüßt sie lautstark und nimmt einen nach dem anderen in die Arme, die kleineren hebt er hoch und wirbelt sie herum.

Die warme Luft wird mit fröhlichem Lachen gefüllt. Ich kann nicht anders, ich muss lächeln. Pablo liebt Kinder, das ist offensichtlich. Eine junge Frau kommt auf mich zu und begrüßt mich auf Spanisch.

„Muchas gracias", sage ich höflich.

Mein Spanisch ist noch rudimentär, doch ich lerne fleißig, so dass ich zumindest ein bisschen von dem verstehen kann, was sie sagt.

Pablo hat vor einigen Jahren in Deutschland ein Austauschjahr verbracht und anschließend sogar in Hamburg studiert, so dass er unsere Sprache sehr gut beherrscht.

160

Andere Familienmitglieder, offenbar Pablos Geschwister und deren Ehepartner, begrüßen mich wortreich und heißen mich auf herzliche Art willkommen.

Zu guter Letzt kommt eine kleine, grauhaarige Frau dazu. Die anderen machen für sie Platz, so dass sie mir ihre Hände reichen kann.

„Bienvenido, Klara", sagt sie lächelnd. Ihre dunklen Augen wirken müde, sind aber voller Wärme.

„Gracias", erwidere ich, und sage den Satz, den ich zuletzt geübt habe. „Me alegro de estar aqui."

Ich freue mich, hier zu sein, heißt das.

Endlich ist Pablo wieder an meiner Seite. Er küsst seine Mutter auf die Wange, holt mein Gepäck, und ich folge ihm umringt von Kindern und deren Eltern ins Innere des Hauses. Ich sehe mich unauffällig um. Die Decken hängen niedrig und die Fenster sind klein, so dass es ein wenig düster wirkt. Die vielen Pflanzen und bunten Bilder an den Wänden muntern das Gesamtbild jedoch wieder auf.

In dem geräumigen Wohnzimmer liegt sein Vater auf der Couch. Er bietet einen jämmerlicher Anblick. Mein erster Gedanke ist: Das wird nicht mehr lange dauern. Der Tod streckt bereits seine Finger nach diesem Mann aus.

Dennoch ringt er sich ein Lächeln ab, als er uns erblickt.

Pablo kniet neben ihm nieder, umarmt ihn und küsst die eingefallene, mit grauen Bartstoppeln versehene Wange, ehe er mich vorstellt.

Mit einem bedrückenden Gefühl verlassen wir schließlich das Erdgeschoss. Pablo sagt etwas zu seinen Verwandten. Ich verstehe nur meinen Namen und das Wort cansado, das 'müde' bedeutet. Es stimmt, die lange Reise hat mich erschöpft. Vermutlich sieht man mir das auch an, denn alle nicken verständnisvoll.

Pablo bringt mich in sein Zimmer.

Endlich allein, denke ich selig, umarme Pablo, und genieße trotz meiner Müdigkeit seine stürmischen Küsse und seine Hände auf meinem Körper.

„Te quiero", murmelt er an meiner Wange.

Ja, er liebt mich. Und ich ihn auch. Aber warum fällt es mir so schwer, diese wenigen Worte auszusprechen?

„Ich dich auch", flüstere ich. Das sage ich immer. Ist ja praktisch dasselbe. Wir sinken in die Kissen, und nach einer halben Stunde voller Glückseligkeit schlummere ich in seinem Arm ein.

Der Abend ist eine sehr ungewohnte Erfahrung für mich. Im Garten ist ein großer Tisch aufgestellt worden, der sich fast biegt unter all den Köstlichkeiten. Fleischgerichte, Reis, Bohnen, Salate und natürlich Pan de Muerto und die süßen Totenschädel.

Dazwischen entdecke ich weitere Symbole des Todes sowie Bilder mir unbekannter Leute. „Das sind die Verstorbenen unserer Familie, derer wird gedenken", erklärt mir Pablo.

„Die ihr sozusagen zum Essen erwartet", sage ich grinsend.

„Lach nur", erwidert er leichthin, „so ist unsere Kultur nun einmal. Die Verstorbenen sollen sich nach ihrer langen Reise aus dem Jenseits stärken, ehe wir mit ihnen das Wiedersehen feiern. Bei uns hat der Tod eben auch eine fröhliche Seite."

162

„Und das gefällt mir", gebe ich zu. „Mir kommt es zwar merkwürdig vor, doch ich gewöhne mich schon noch daran."

Seine Familie dagegen gefällt mir jetzt schon. Alle sind freundlich, herzlich und gehen liebevoll miteinander um.

Ich fühle mich sehr wohl hier.

„Nach dem Essen gehen wir ins Zentrum und feiern mit den anderen aus dem Dorf", sagt Pablo und beißt von einem Pan de Muerto ab.

Doch dazu kommt es nicht.

Keine halbe Stunde später verstummt abrupt die Musik und Pablos Mutter kommt weinend an der Hand von Enrico, Pablos ältestem Bruder, aus dem Haus. Ich ahne, was passiert ist. Pablos Gesicht ist blass geworden. Wie versteinert wirkt er, als er auf seine Mutter zugeht und die kleine Frau an sich drückt.

Als sie sich von ihm gelöst hat, sagt sie ein paar Worte. Sie kommt mir ausgesprochen tapfer vor, wie sie da steht und mit ihren Kindern spricht. Sogar ein kleines, wehmütiges Lächeln huscht dabei über ihr Gesicht.

Einige Männer, darunter auch Pablo, tragen den Leichnam seines Vaters, der nun noch kleiner und zerbrechlicher wirkt, auf einer Holzplatte aus dem Haus und legen ihn im Gras unter einem Baum ab. Die Kinder schmücken seinen Körper mit Blumen, die Musik erklingt wieder, und ich bekomme eine Gänsehaut und fröstele.

Pablos Mutter kniet sich neben ihren Mann ins Gras, redet mit ihm, streichelt sein Gesicht und küsst es.

Mir steigen Tränen in die Augen. Es fällt mir schwer, ruhig zu atmen.

Dann ist Pablo plötzlich hinter mir. Seine Arme umschlingen mich, ich fühle seinen warmen Atem an meinem Hals.

„Es tut mir so leid", flüstere ich und streiche sanft über seine Arme. Spüre sein Nicken und warme Feuchtigkeit auf meiner Haut. Er weint.

„Todo bien", antwortet er mit rauer Stimme. „Es ist alles gut, Querida. Nun muss Papa nicht allein ins Jenseits gehen, seine alten Freunde und Verwandte begleiten ihn nach den Feierlichkeiten hinüber. Das ist ein großes Glück, weißt du? Und er ..." Pablo bricht ab, er hat offensichtlich Mühe, die Worte zu formen. Dann vollendet er den Satz mit erstickter Stimme. „Er durfte dich noch kennenlernen."

Ich drehe mich langsam um und küsse seine tränenfeuchten Lippen. „Ihr seid wirklich ganz besondere Menschen", sage ich, „und eine wunderbare Familie."

Der Gedanke, vielleicht eines Tages dazu zu gehören, fühlt sich schön an. Tröstend. Wie eine herzliche Umarmung.

Ich liebe diesen Mann, denke ich, und wie von selbst kommen mir heute die Worte über meine Lippen, die ich sonst immer zurückhalte.

„Te quiero", flüstere ich. „Te quiero mucho."

Pablo sagt nichts, doch er drückt mich fest an sich. So fest, als wolle er mich nie wieder loslassen.

ENDE

Die Autoren

Charlotte Armao wurde am 22.10.1969 in Graz, Österreich geboren. Nach dem Abschluss der Kunstgewerbeschule Ortweinplatz in Graz studierte sie Slawistik und arbeitete zwei Jahre lang als Deutschlektorin in der Ukraine.

Charlotte Armao ist als Sprach- und Kreativtrainerin, Malerin und Autorin tätig. Sie ist stark von der Kunst Lateinamerikas, der Türkei und dem slawischen Kulturraum beeinflusst, und ein fantasievoller Freigeist mit viel Experimentierfreude. Bisher veröffentliche Werke:

- *Loli Lotophaga* (Fantastische Erzählungen)

- *Die Rosen von Istanbul* (Roman)

Charlotte Armao ist zudem die Herausgeberin des Kinderbuchs *„Die Geschichte von den Wassertröpfchen"*, dessen eigentliche Autorin und Illustratorin ihre verstorbene Großtante Adelheid Nickl ist.

Charlotte Armao ist verheiratet und lebt in Wien.

Türen

Letzter Sommer

-jek, alias *Werner Hajek*, ist Journalist und Buchautor.

Seine Berichte, Reportagen und Erzählungen sind geprägt durch seine eigenwillige Herangehensweise und seine Begeisterung für besondere Menschen. Infos über ihn und seine Arbeit gibt es auf seiner Website www.werner-hajek.de

Jessie, eine Schachtel und der Strand von San Michele
Entscheidung am Strand
Senorita „Bohnita"
Blumen, Brot und Totenköpfe

Britta Bendixen, geb. 1968 im Sternzeichen Leseratte, Aszendent Bücherwurm, verbrachte die ersten 44 Lebensjahre hauptsächlich lesend. Nebenbei arbeitete die Flensburgerin als ReNo-Fachangestellte und gründete eine Familie.

2012 begann sie mehr aus Zufall, einen Roman zu verfassen, und infizierte sich dabei mit dem unheilbaren Schreibvirus. Seither sind von ihr mehrere Kriminalromane und Kurzgeschichtenbände erschienen, ein Ende ist nicht in Sicht.

2020 gründete sie die „Autorenwiese", um einen Ort zu haben, an dem sich Gleichgesinnte austauschen und gegenseitig unterstützen können. Mit den „Autorenwiese"-Mitgliedern entstand 2022 dieses Buch, das Gemeinschaftsprojekt *„Sommer, Sonne, Schmetterlinge"*.

Britta Bendixen liebt das Fotografieren, fährt gern Rad, mag englische Geschichte, spielt mit viel Freude Darts, und fiebert beim BL-Handball mit der SG Flensburg-Handewitt mit. Fußball, Horror- oder Actionfilme sowie Hausarbeit sind dagegen nicht so ihr Ding. Mit ihrer Familie und drei Samtpfoten lebt sie in Handewitt bei Flensburg.

Bisherige Kriminalromane:

„Höllisch heiß" (Boyens Buchverlag)

„Das Geheimnis der Anhalterin" (Neobooks)

„Der Kuss des Panthers" (Boyens Buchverlag)

„Der Tote im Camper" (C. W. Niemeyer Verlag)

Ab Herbst 2022: *„List und Lüge"* (C. W. Niemeyer Verlag)

Kurzgeschichten & Kurzkrimis

„PatchWords"

„PatchWords – Reloaded"

„PatchWords – a la carte"

„Mitten ins Herz"

Flensburg-Bücher

„Um drei bei Eduscho" (Wartberg Verlag)

„Dunkle Geschichten aus Flensburg" (Wartberg Verlag)

„Unsere Glücksmomente" (Wartberg Verlag)

Infos zur Autorin und ihrer Arbeit, Leseproben und Termine für Lesungen auf www.brittabendixen.de

Thatos Tafelrunde

Anka Chilla, geb. 1964 in Leipzig, studierte an einer Fachschule u. a. Pädagogik und Kinderliteratur, belegte ein Fernstudium zur „Technik der Erzählkunst" und schreibt am liebsten Kurzgeschichten, von denen einige in Anthologien veröffentlicht wurden.

Sie arbeitete als Kindergärtnerin, organisierte Schulfahrten für umweltgeschädigte Kinder, schrieb Hörspiel-Manuskripte für den Rundfunk der DDR und trat in ihrer Jugend als Puppenspielerin auf.

Zurzeit ist sie hauptberuflich im Management von Einkaufscentren tätig und wohnt mit ihrem Mann in Grünheide, in der Nähe von Berlin. In ihrer Freizeit ist sie gern mit Pferd, Kajak oder Fahrrad in der Natur unterwegs und liebt Tanzen, Lesen und Reisen.

Herbert Glaser wurde 1961 in München geboren, absolvierte eine Ausbildung zum Elektroniker und erwarb das Abitur auf dem zweiten Bildungsweg.

Seit über 35 Jahren arbeitet er als Sounddesigner bei einem Münchner Fernsehsender.

Mit der Teilnahme an dem Online-Seminar *Kurzgeschichte schreiben* begann im Jahr 2016 seine Autorentätigkeit. Über 20 seiner Erzählungen fanden bereits den Weg in verschiedene Anthologien.

Anfang 2019 veröffentlichte Herbert Glaser seinen ersten Roman *Neustart* im Verlag *tredition*.

Mit der Anthologie *kurz und schmerzend* erschien ein Jahr später eine Sammlung seiner Kurzgeschichten.

Im Mitarbeiterteam des Schreiblust-Verlages hilft er bei Textauswahl und Lektorat.

Mit seiner Frau lebt er nördlich von München und freut sich über drei erwachsene Kinder und drei Enkel.

Weitere Infos gibt es hier:

www.autor-herbert-glaser.jimdosite.com

Mamas Paella

Gianna Suzann Goldenbaum hat durch einen Workshop über kreatives Schreiben ihre Liebe zum Schreiben wieder entdeckt und seither in mehreren Anthologien Geschichten veröffentlicht.

2014 belegte sie zudem einen neunmonatigen Online-Kurs bei einem Schreibcoach, um sich intensiv mit dem Handwerk des Schreibens zu befassen.

Gianna Goldenbaum ist ehrenamtlich bei der Alzheimer Gesellschaft und beim Hospizverein tätig.

Sie wohnt mit ihrem Mann in Ammersbek, Schleswig Holstein, hat zwei erwachsene Kinder und vier Enkel.

Seit ein paar Jahren schreibt Gianna Goldenbaum True-Storys, von denen mehrere vom Kelter-Verlag veröffentlicht wurden.

Der italienische Traum

Marten Petersen kommt aus Nordfriesland und wuchs unweit der Nordseeküste auf. Seit mehr als 30 Jahren macht er Urlaub in Småland. 2018 zog er mit seiner Frau Annelie nach Schweden. Hier betreiben sie zusammen einen Selbstversorgerhof mit Imkerei.

Marten Petersen hat diverse Kurzgeschichten und Gedichte in verschiedenen Anthologien veröffentlicht.

2017 erschien sein Roman *„Leif – ein Wikingerabenteuer"*.

Der neueste Roman *„Rache an Mittsommer"* (2020) ist unter dem Titel *„Tjejen från Tveta"* auf Schwedisch erschienen.

Gipfelglück hoch zwei

Christa Reusch wurde 1966 in München geboren. Nach ihrem Examen als Chemisch-Technische Assistentin arbeitete sie einige Jahre in einem pharmazeutischen Betrieb, doch das Schreiben begleitet sie bereits seit ihrer Teenagerzeit.

Als dreifache Mutter versucht Christa Reusch, die Familie und das Schreiben unter einen Hut zu bringen. Liebesgeschichten mit Happy End sind ihre Favoriten, hin und wieder dürfen es aber auch Märchen, Gedichte oder Kindergeschichten sein.

Einige ihrer Texte wurden in Anthologien veröffentlicht.

2016 erschien ihr erster Roman *„Tessa, die Liebe und der Tote im Stadtarchiv"*, dem nur ein Jahr später ihr zweites Buch *„Sommer in Mailand"* folgte.

Auf der Durchreise

Beate Weirich (EZ 12/1960), hat bereits als Zehnjährige angefangen zu schreiben und seither nie wieder aufgehört.

Sie veröffentlichte Geschichten für die Sonntagsbeilage der Tageszeitung sowie Kurzkrimis und Fantasy-Rollenspiele. Mehrere Geschichten von ihr sind in Anthologien erschienen.

Von 2010 bis 2013 brachte sie mit ihrem Mann, dem Comic-Zeichner Fern Weirich, die illustrierten "Siegelwelt-Chroniken" heraus, eine Social-Fantasy-Reihe. (Zu beziehen über www.tintenweberei.com)

170

Die vielseitige Autorin arbeitet als Musiklehrerin an einer Förderschule. Gemeinsam mit ihren Schüler*innen veröffentlichte sie 2021 im Rahmen einer Literatur-AG die "Geschichten vom Goethe-Berg". Anstoß hierfür war die Jugendroman-Reihe "Woodwalker" von Katja Brandis.*

Ein zweiter Band der "Goethe-Berg-Geschichten" ist derzeit in Arbeit. Zudem schreibt die Autorin an einem heiteren Kurzroman über eine pensionierte Lehrerin, die - zum Leidwesen der Familie - ihr Leben umkrempeln will.

Beate Weirich lebt mit ihrem Mann und ihren drei Alpakas, mit denen sie auch gern spazieren geht, im Donnersbergkreis in Rheinland-Pfalz.

<u>Bretonischer Sommer</u>

Ulrike Kemmling lebt mit ihrer Familie – einer ihrer Söhne lebt noch zu Hause - im schönen Aller-Leine-Tal, und hat vor nicht allzu langer Zeit mit dem Schreiben begonnen.

Am meisten liegen ihr Kurzgeschichten, die inzwischen auch mal länger ausfallen dürfen.

Das Schreiben dient ihr als Ausgleich zu ihrem Beruf, in dem sie mit behinderten Erwachsenen zusammenarbeitet.

Mittlerweile ist Ulrike Kemmling stolze Oma und schreibt auch gern Geschichten für ihren Enkel.

Trocadero

Jana Rösner, geboren 1988 in Grevesmühlen, begann schon im Kindesalter, sich Geschichten auszudenken. Inzwischen gehört das Schreiben fest zu ihrem Lebensrhythmus. Das Erschaffen von Charakteren und das Erzeugen von Stimmungen ist für sie eine willkommene Abwechslung vom Alltag.

Mehrere Kurzgeschichten von ihr wurden bereits in Anthologien veröffentlicht. Momentan arbeitet die Autorin an ihrem ersten Roman.

Jana Rösner reist gern - besonders nach Paris - und liest gern und viel. Sie lebt mit ihrem Ehemann und ihrer kleinen Tochter in der Nähe von Lübeck.

Die Autorenwiese

ist ein Ort, an dem sich Gleichgesinnte austauschen, unterstützen und ihr Schreibhandwerk verbessern möchten.

Die Mitglieder sind ein bunt gemischter Haufen aus ganz Deutschland und über dessen Grenzen hinweg.

Seit Juni 2020 existiert das Schreibforum, das mit der Urlaubs-Lovestorys-Anthologie

„Sommer, Sonne, Schmetterlinge"

nun sogar ein erstes gemeinsames Buch veröffentlicht hat.

Die Gemeinschaft ist geprägt von der freundschaftlichen und konstruktiven Atmosphäre. Es gibt nur ein Mit- aber kein Gegeneinander auf „der Wiese". Gemeinsam entwickelt man sich und seinen Schreibstil weiter, bekommt Zuspruch und Anregungen.

Über neue Mitglieder und den frischen Wind, den diese mitbringen, freuen sich die Wiesenbewohner, und heißen Neuankömmlinge, die sich aktiv einbringen möchten, stets herzlich willkommen.

Wer also gerne schreibt, Feedback zu seinen Texten möchte, sich gern austauscht und dazulernen will, sollte einfach mal vorbeischauen:

www.autorenwiese.xobor.de